その5
KEIKENZUMINAKIMITO
経験済みなキミと、
KEIKENZERONAOREGA OTSUKIAISURUHANASHI
経験ゼロなオレが、お付き合いする話。

イッチー(AFTER)です。念のため・・・↑

Luna
Shirakawa
Luna
Shirakawa

cters
加島《かしま》龍斗《りゅうと》
仁志名《にしな》蓮《れん》
白河《しらかわ》月愛《るな》
黒瀬《くろせ》海愛《まりあ》

chara
伊地知祐輔《いじち ゆうすけ》
関家柊吾《せきや しゅうご》
山名笑琉《やまな にこる》
谷北朱璃《たにきた あかり》
BEFORE

ずっと高校生でいたい気もするけど、
大人になったキミにも、
早く会いたい。

経験済みなキミと、経験ゼロなオレが、お付き合いする話。その5

長岡マキ子

ファンタジア文庫

3236

口絵・本文イラスト　magako

CONTENTS

プロローグ

「あたし、リュートとしたいのかな？」

バレンタインの原宿デートの終盤、プリクラショップで、そんな衝撃的な問いを月愛《るな》から投げかけられて、数十秒。

俺は、完全にフリーズしていた。心の中はパニック状態だ。

したい？　何を？

それはもちろん……「エッチ」だ。

月愛が、俺とエッチしたいのかもしれない……だって⁉

しかしそれを、なぜ俺に訊《き》く⁉

そんなこと、童貞の俺に訊かれたって……！

「……？」

月愛は小首を傾《かし》げ、俺の答えを待っているように見える。

俺たちは今、プリクラ機のビニールカバーの内側にいる。二人の間は、およそ三センチ。

そんな至近距離に、月愛の、奇跡的に可愛《かわい》い上目遣いの顔があって。フローラルだかフルーティだかな香りに包まれて……それだけだって、俺の冷静さを失わせるには充分なのに。

頭の中では、さっきの月愛の言葉が無限リピートしていて、心臓はバクバクしすぎて痛いくらいだ。

まともに思考できる状態ではない。

「……さ、さぁ……」

結局、俺が言えたのはそれだけだった。

「…………」

月愛は、少しシュンとしたような顔つきになって。

「……そーかぁ……」

視線を外して、そうつぶやいた。

A駅から白河《しらかわ》家へ月愛を送っていく道すがら、ふと無言の時間が続いた。

住宅街の細い生活道路は、ところどころに立った街灯の灯《あか》りで、アスファルトがほの白く照らし出されている。

付き合いたての頃は、十八時には月愛が帰宅できるようにしていたが、最近は二十時までになり、今日はそれも少し過ぎてしまった。白河家に門限はないので、あくまでも俺の中でのけじめだ。

「…………」

いつもなら、ひとつの話題が終わっても、月愛がすぐに次の話を始めてくれるのに。

月愛は今、何を考えているのだろうと隣を見ると、彼女は何やら考え込んだ顔つきで足元に視線を落としていた。

繋《つな》いだ手の温《ぬく》もりはいつも通り感じるのに、その心には触れられていない感じがして、もどかしい。

「……月愛？」

思いきって声をかけると、月愛はハッとしたように俺を見る。

「ん？　なに？」

「え、えっと……」

別に話したいことがあったわけではないので、うろたえてしまう。

「いや、あの……今、何考えてたのかなと思って」

「ん〜……」

月愛はゆるゆると首を振って、ちょっと口籠もる。

「さっき言ったことの続き」

「え？」

「プリショで……」

プリショ……プリクラショップで言ったこと……。

——あたし、リュートとしたいのかな？

「あ、あぁ……」

あれの続き、とは……と、動揺で顔が熱くなるのを感じる。暗がりでよかった。

「って、ど、どういうこと？」

うろたえる俺に、月愛は困惑した表情で口を開く。

「確かに自分の気持ちもわからないんだけどさ、あたし、リュートの気持ちもわからないんだよね」

「えっ？」

「リュートって、あたしとほんとにしたいと思ってるのかなって……」

そう言う月愛の顔は、寂しげに曇っているような気がして焦《あせ》る。

「えっ……し、したいよ」

正直に言った方がいいと思いつつも、力が入りすぎるとキモいかなと思って、主張するテンションが中途半端《ちゅうとはんぱ》になる。

「って、リュートは言ってくれるけどさ。さっきのカフェでも」

さっきのカフェ……どんなアダルト動画が好きかで騒いでしまった、チョコレート屋さんのことか。

「でも、あたし……一度断られてるんだよね」

「えっ？」

「付き合い始めた日……リュートに『今日はしない』って」

「えぇっ、いや、あれは……」

月愛の少し拗《す》ねたような顔に、慌てて口を開く。

「付き合いたてだし、二人の関係を大事にっていうか……」

「わかってるよ。あたしだって、あのときは『あ、付き合ったからってすぐエッチしなくてもいーんだ』って、ちょっとホッとしたし」

そう言ってから、月愛は俯《うつむ》く。

「だけど、リュートのこと、すごく好きになってきて……最近、リュートとするときのこととか想像したら……『そもそも、リュートはほんとにあたしとしたいのかな？』って、不安になっちゃって。だって、リュートがしたいと思ってないのに、あたしだけしたいかしたくないか悩んでたってしょーがないじゃん？」

ちょうど白河家の前に到着して、俺たちは立ち止まった。

月愛の話はまだ続く。

「リュートって真面目だし、二人でいてもエッチな話もしてこないし、心さえ繋がってれば、そーゆーことは別にどっちでもいいっていうか、なくてもいいって思ってるのかもしれないなって……」

「え……!?　いっ、いや、あの……！」

俺は自分が男で、実際何かとエロいことを考えがちだから、「男は当然ヤリたい」という思考を前提に話していた。だから「月愛がしたくなるまで待つ」という発言も、「俺はいつでもしたいですから！」という言葉の裏返しで伝えていたつもりだ。エロ方面の話をしなかったのも、彼氏に合わせがちな月愛を無闇に焦らせないための気遣いだった。

それがまさか、こんなところで裏目に出るなんて。

月愛の中で、俺はもしかすると性欲ゲージ empty の仙人系男子になってしまっているのかもしれない。思えば、月愛が今日やたらとエロ系の話題で探りを入れてきたのは、そのせいだったのか。

「……しっ、したいよ。ちゃんと」

誤解を解くためにも、恥ずかしいけど言っておかねば。

「それも、あたしに合わせて言ってくれてない？　あたしが乗り気になり始めたから、それなら別にいいよって感じ？」

「いやっ、そうじゃなくて……！」

もしかしたら、月愛は自分が元カレに忖度《そんたく》してエッチしてきたから、そんなふうに思うのかもしれないけど。

「あたしギャルだから、彼女としては好きでも、そんなにムラムラはしないのかな？　やっぱ、海愛《まりあ》みたいな清楚《せいそ》系の子の方が……」

「ち、違うよ。そもそも、ムラムラしない女の子に告白なんかしないし」

なかなか伝わらないのが歯痒《はがゆ》くて、月愛の言葉を遮るように言ってしまった。

「……月愛が思ってる以上に、俺、ちゃんとエロいから」

なんで夜道で、彼女の家の前で、こんなことを力説しているのかわからないけど、なおも不安げな面持ちの月愛に、俺は必死で訴えた。

「エロ漫画もエロ動画も普通に見るし、一緒にいない時なんていつも、月愛といつできるかなって考えまくりだし、実際、今まで月愛のこと考えて五百回くらいは……あ、いや」

どさくさに紛れて生々しいソロプレイの話をしそうになって、慌てて止めた。

聞き流してくれることを願ったのだが、そこで月愛の表情が怪訝《けげん》なものに変わる。

「え？　五百回……って、なんの数？」

「えっ、あっ、いやその」

「あっ……！　もしかして……！」

何かに気づいたように一気に真っ赤になり、口をパクパクさせる。

「え待って、うちらが付き合って八ヶ月くらいでしょ、一ヶ月三十日として八×三＝二十四だから、二百四十で……一日二回以上⁉」

「いやっ、え？　あのっ……？」

こっちも正確に計測して言ったわけではないので、そこはあまり粒立てないで欲しい。っていうか、数学苦手なのに、こんなときだけ頭の回転めちゃめちゃ速いじゃないですか月愛さん⁉

「そんなに……？　あたしで、してるんだぁ……」

みるみるうちに月愛の顔が赤らんで、暗がりでもわかるほどの赤面になる。こんな月愛は見たことがない。

「……えっと……うん……」

つられてこっちも恥ずかしくなるが、自分で言い出した手前、否定するわけにもいかなくて……。

何言ってんだ本当に、俺は……。

「だから、俺は……いつでも、月愛としたいと思ってるから」

ヤケクソのように、ダメ押しでそう言った。

そんな俺の火照《ほて》り顔を、さらに赤い顔をした月愛がじっと見つめて。

「ウソッ……えっ、ヤバ恥ず……っ！」

心の奥から漏れ出たような声でつぶやくと。

「うわあああん、マジムリ～～～！」

急に大声を上げて、脱兎《だっと》の如《ごと》く自宅の中へ消えていった。

第一章

「関家《せきや》さん、聞いてくださいよ……」

その週、学校帰りに行った予備校で出会った関家さんに、俺は息も絶え絶えに切り出した。

「今度はなんだ？　もう黒瀬《くろせ》さんのことは片付いたんだろ」

俺たちは、予備校の最上階ラウンジでいつものようにテーブルを囲んでいた。まだ室内に自然光が届く時間帯で、放課後の現役生が集まり始める頃だが、黒瀬さんの姿がないのは確認済みだ。

「彼女に『エッチしたい』って言ったら、『マジムリ』って逃げられたんですけど……」

「はぁ」

碇《いかり》ゲンドウのポーズで訴える俺を見て、関家さんは気のない返事をする。

「高二はいいよなぁ。まだそんなことで悩んでる余裕があって」

この様子だと、合格は未《いま》だもらえていないそうだ。

「彼女が『マジムリ』って言うなら、そりゃもう絶対無理なんだよ。諦めて別れろ」

投げやりに言う関家さんに、俺は慌てて口を開く。

「い、いや、別にそういう拒絶のニュアンスじゃなくて……」

「じゃあ何」

「なんか恥ずかしすぎてムリって感じで」

「はぁ」

「逃げられちゃったんですよね」

「は～ん？」

「……いつできるんですかね？　俺たち」

ゲンドウポーズに戻って、俺はため息をつく。

「知らねぇよ～～」

ひときわ投げやりな声に前を見ると、関家さんは背もたれに思いきり身を預けて天井を見ていた。俺が顔を上げたのに気づいて、関家さんは起き上がる。

「マジムリ、お前がムリ。ウザすぎ。消えて欲しい」

「そこまで⁉」

「だって答え出てるんじゃん。彼女の『マジムリ』は『恥ずかしい』なんだろ？　だったら、彼女が恥ずかしくなくなるまで待つか、恥ずかしくなくなるようにしてやるしかないだろ、お前が」

「ど、どうやって？」

「知るかよ〜〜こっちはそれどころじゃねーんだよ」

そう言う声には、本気のイラつきが含まれている気がした。普段から口が悪い人だけど、これは受験戦線が深刻にヤバいのかもしれないと思った。俺に言わないだけで滑り止めのひとつやふたつ合格しているのだろうと思っていたけど、どうやら本当に受かっていなそうだ。ということは、彼女である山名《やまな》さんと連絡できる見通しもないわけで、そんな中でこんな話をしてしまって、今さらだけど申し訳ない気になる。

「大体さ、付き合ってもう半年以上？　一年近く？　知らねーけどさ、そんなに経《た》っててヤッてないってのが俺には信じられないんだけど」

少し冷静になったのか、関家さんが落ち着いた口調で言ってくる。

「ヤリモクじゃなくても、彼女と一緒にいたら手ぇ出したくならね？」

「……そ、それは、そうですけど……」

「わかってるよ。『ヤリたい』より、もっと大事にしたかったもんがあるんだろ。それは俺には理解できないから、お前にアドバイスできることなんてなんもねーよ」

そこで、何も言えなくなっている俺に、関家さんはフラットな視線を向ける。

「まぁ、ここまで我慢できたんだから、そんなに焦《あせ》る必要ないんじゃないの」

「えっ？」

「彼女と結婚したいんだろ？　夫婦なんて、どうせ時間が経てばみんなセックスしなくなるんだから」

「………」

刺激の強いワードの登場に赤面している俺に対して、関家さんは涼しい顔で話を続ける。

「うちの両親なんてヤバいよ。めっちゃ仮面夫婦。俺の記憶にある限りずっと。オヤジは昔から浮気《うわき》しまくりで、母親はとっくに愛想《あいそ》尽かしてるけど、『開業医の妻』のステータスを手放したくないから、別れるつもりはないんだって」

突然始まった関家さんの家庭の暴露話に、思わず表情筋が固まった。そんな俺の方を見ずに、関家さんは続ける。

「つい何ヶ月か前にも、オヤジが受付の女の子に手ぇ出したのがバレて、その子クビになって。オヤジもバカだよな。妻が事務のおばちゃんとツーカーなんだから、院内で愛人作ったらバレるに決まってんのに。その前は看護師とデキてたし」

「そ、そうなんですか……」

そこでようやく、相槌《あいづち》らしきものが打てた。

なんかすごい話を聞いてしまった。月愛《るな》のところといい、不倫を経験している既婚者は案外多いのかもしれない。俺の両親は、特にラブラブというわけではないけど、そういう点でのトラブルはなく（俺の知る限り）ここまで来ているので、親しい人がそんなドラマの中の出来事みたいなことを普通に話しているのを聞くとドキドキしてしまう。

「小さい頃から思ってたんだ。医者としてのオヤジのことは尊敬してるけど……『俺はオヤジみたいな男にはならない』って」

遠い目をしてつぶやく関家さんを見て、ふと思い当たることがあった。

関家さんは、高校デビューして急にモテ始めたとき、「二股したくない」という謎の理由で山名さんをフッた。俺からすれば「しなければよかっただけでは……？」なのだけど、関家さんの独特な潔癖思考は、お父さんへの感情に起因しているのかもしれない。

「なんの話だっけ？　まぁ、お前のは結局いつもノロケだろ。爆《は》ぜろよマジで」

そんな悪態をつきながらも、アドバイスらしきものをくれたことを思えば、やっぱり根はいい人なんだなと思った。

「はぁ、すいません」

重くなりかけた空気を吹き飛ばすよう軽めに放った俺の言葉を、関家さんがしかめっ面《つら》で受け取る。

「反省してねーだろ」

「してますけど、またするかもしれません……」

「それが反省してないって言うんだよ」

「勉強になります」

「ふざけてんな、お前」

関家さんが笑ってくれたので、少しほっとした。

早く春になって、この笑顔が山名さんへ向けられる日がきますように。

そう願わずにはいられない。

◇

そんな俺も、他人の幸せばかり祈っているわけにはいかない。

二月の終わり、帰りのＨＲで進路希望調査票が配られた。

「前から言ってあった通り、今回の調査票を元に三年のクラス分けをします。ふざけないで真剣に書くように」

担任の先生の言葉に、クラスメイトたちが「マジかよー」とか「早すぎー」などと反応する。

俺は手元の調査票に目を落とす。「進学」「就職」の項目の下に、それぞれの志望先を書く欄が第一から第三まである。

「…………」

俺が「法応《ほうおう》大学」なんて書いたら、ふざけてると思われないだろうか？

そう思ってドキドキしていたとき。

「ねー、ルナって進路どうするの？」

月愛の前の席の陽キャ女子が、振り返って月愛に尋ねる。

「んー、まだ決まってないんだよね～」

月愛は首をひねって答える。

「…………」

前を向いて、高みに向かって、それぞれの道を歩き出した俺たちだけど。

理想の自分になるまでの道のりは、まだまだ険しそうだ。

◇

その週が終わった日曜日、俺と月愛はA駅のファストフード店で勉強会をしていた。

明日《あした》からの学年末試験のためだ。

「………………」

向かいで教科書をにらんでいる月愛をチラ見しつつ、俺はノートに目を落とす。

関家さんに「ノロケ」と断罪された通り、俺は月愛の「マジムリ」を、それほど深刻に受け止めたわけではなかった。彼女なりに俺とのエッチのことを真剣に想像してくれた結果、恥ずかしさが爆発したのだと思えたし、実際そうなのだろう。

しかし……。

「……何かわからない問題があるの？」

目の前の彼女に尋ねてみると、月愛は一瞬こちらを見る。

「えっ⁉」

だが、すぐに視線を逸《そ》らす。その頬には赤みが差している。

「べ、別に……だいじょぶ、じゃ、ないけど」

「ないの？」

「でっ、でも、そんなこと言ったら、わかんないとこだらけだし……」

「俺にわかるところなら、ひとつずつ教えるよ。どこ？」

「えっ、いっ、いいってば……ほら、リュートも勉強してるのに悪いし！」

月愛は赤くなってうろたえて、視線をキョロキョロさせている。

「でも、せっかく一緒に勉強してるんだから。どの問題？」

俺は席を立って、向かいのベンチシートの、月愛の隣へ腰を下ろす。その拍子に、月愛の肘と俺の肘が、制服越しに軽く触れ合った。

「ひゃんっ⁉」

すると、月愛は電気でも流されたかのように身体《からだ》ごと腕を引き、赤い顔を俺に向ける。

その顔つきは子鹿のように頼りなげで、瞳はほのかに潤んでいるように見える。

「びっくりしたぁ……いきなり来るんだもん」

「ご、ごめん……」

思わず謝り、ちょっと離れて隣に座り直す。

あの日……月愛が「マジムリ」と逃げ帰った日以来、ずっとこうだ。手を繋《つな》ごうとすると「ひゃぁっ！」と照れて飛《と》び退《の》いてしまうし、近くに寄っただけで真っ赤になってモジモジする。目もろくに合わせてもらえない。

今までより、俺を「男」として意識してくれているのだと思えば悪くない気もするけど、どうしたらいいかわからなくて、正直ちょっと弱っている。

こんな状態では、いつものように俺の部屋で、二人きりで勉強しようなどとは誘えなくて、久しぶりにこの店にやってきた。

気まずさを取り繕うかのように、月愛がテーブルに手を伸ばした。さっき「ハンバーガーでお腹《なか》いっぱいになっちゃった」と残していたアップルパイを箱から出して食べ始める。

「……アップルパイも美味《おい》しいけど」

少し咀嚼《そしゃく》してから、彼女はつぶやいた。

「リュートのお母さんがいつも出してくれるケーキ、美味しかったな」

「ああ、『シャンドフルール』の」

月愛がテスト勉強をしに来ると、うちの母は、よく近所のパティスリーのケーキを買って出してくれた。

「うちの近所の人、たぶんお客さんが来ると、みんなあの店のケーキ出すよ。フランスで修業したパティシエの店で、全国放送のテレビでも紹介されたんだよって自慢つきで」

「すごいよね、ほんと。リュートんち行くときに通るケーキ屋さんだよね。めっちゃオシヤレなお店」

「そうそう。今回も月愛が来るなら奮発する、って張り切ってたけど……」

「………」

まずい。これでは「俺の家にテスト勉強しに来ないか？」と催促しているようなものだ。

案の定、月愛は赤い顔をして俯《うつむ》いてしまった。せっかくいい感じに会話できてたのに、台無しだ。

心の中でため息をつきながら、俺は教科書に目を落とす。

しかし、こんな状態……一体いつまで続くんだろう？

——彼女の『マジムリ』は『恥ずかしい』なんだろ。だったら、彼女が恥ずかしくなくなるまで待つか、恥ずかしくなるようにしてやるしかないだろ、お前が。

関家さんのアドバイスが、頭の中を駆け巡っている。

月愛が恥ずかしくなくなるようにしてあげる……。

俺だってそうしたい。そうしたいけど……それには一体、どうすれば？

目の前の教科書に書いてある英文法の問題と違って、どこにも模範解答が載っていない分、俺にとってはそちらの方が難問だ。

息苦しくなって、ふと顔を上げる。

二月末の日曜午後のファストフード店は、見渡す限り満席に近い。テーブル席には必ず複数人が座っているし、カウンター席も、試験勉強中の生徒や、ノートパソコンを開いた人で、ほとんど埋まっている。ほどよくざわついた店内で耳を澄ませば、海外のポップスのようなBGMが低い音量で流れていた。

少し視線を落とすと、隣の月愛の、スカートから伸びた白い太ももが目に入る。

「…………」

思えば、付き合ってすぐの期末試験。初めてこの店に来て、二人でテスト勉強をしたとき、俺は勉強どころでなくドギマギしていた。憧れの「白河《しらかわ》さん」と、彼氏彼女として肩を寄せ合って座って……ただそれだけで胸が高鳴り、彼女の匂いに心乱されて、綺麗《きれい》な横顔をずっと見ていたくて……どうしようもなくときめいていた。

考えてみたら、あの頃の俺は、今の月愛に似ていた気がする。相手の接近に動揺して、赤くなって、みっともなくキョドって……。

近づきたいのに、緊張してしまって。

「…………」

それなら、今の俺が取るべき行動は、あの頃の俺に対して月愛がしてくれたように振舞うことなのではないだろうか？

月愛は、いつも元気で明るかった。俺がどんなにキモくテンパっていても、気にせず積極的にコミュニケーションを取り続けてくれた。

——スキありっ！

公園のボートの上では、そう言って初めてのキスをしてくれた。

スキンシップのことで頭がいっぱいで、たぶんガチガチになっていたであろう俺の緊張を解いてくれた。

「…………」

いや、さすがにこんなところでキスは無理だ。そんな開放的なノリは生まれ持っていない。

でも、きっとそういうことなんだろう。

俺が戸惑っていてはダメだ。自分から、コミュニケーションを取り続ける。……あくまでも、俺らしく。

だって、あの頃の俺だって、本当は月愛と近づきたかったんだ。でも、女の子への耐性のなさや自信のなさのせいで、彼氏として自然に振る舞うことができなかった。

今の月愛がどうしてこうなっているのかは、いまいちわからないけど、理由が「恥ずかしい」であるならば、俺のことをイヤになったわけではないはずだ。

だったら、これで間違っていないはずだ。

「やっぱり、教えるよ」

もう一度座り直して距離を詰めると、そんな俺に、月愛はまた一瞬身構える。

「え、いっ、いいって……！」

「俺がそうしたいんだ。この問題かな？」

月愛が見ていた辺りの問いを指差すと、月愛は頬を赤らめながら頷《うなず》いた。

「えっと、穴埋めか……」

（　）he（　）（　）failed the test, she（　）（　）（　）happier.
もし彼がテストに落ちていなかったら、彼女はもっと幸せだったのに。

「『もし』って単語があるから、最初のカッコに入るのはわかるよね？」

「ん～『if』？」

「そうそう。だから、仮定法の範囲で習ったことを思い出して……」

説明していると、月愛はふと眉を曇らせて、深く俯く。

「……月愛？」

声をかけると、彼女はこちらを見た。

「あ……聞いてるから続けて」

「う、うん……。で、この文の『彼』は、実際には『テストに落ちた』んだよね？」

「……うん……」

「だから、これは過去の事実と反する仮定の文で、仮定法過去完了になるから……」

やっぱり月愛の様子が変なので、俺は説明を止めた。

そこで、月愛は顔を上げて俺を見る。

「リュート」

「うん？」

「関家さんって、もうどっか受かってるのかな？　知ってる？」

「えっ」

そんなことを訊《き》かれると思ってなかったので、一瞬面食《めんく》らう。

「いや……俺はまだ聞いてないけど」

月愛が眉根を寄せた気がして、急いで言葉を継ぐ。

「で、でも、あんなに毎日勉強してるんだから、きっとどこかは受かると思うよ」

すると、月愛の顔が明るくなった。

「そうだよね！」

「う、うん」

「……なんか、この問題見てたら、ニコルのこと思い出して不安になっちゃって」

ちょっと沈んだ顔でつぶやく月愛を見て、胸が熱くなった。

「月愛は友達想《おも》いだね」

俺の言葉に、月愛はちょっとこちらを見て、またすぐ目を逸《そ》らす。

そんな彼女を、俺はじっと見つめて……口を開こうとする。

さっき決めたことだから。月愛が恥ずかしがっていても、俺は積極的にコミュニケーションを取るって。

「……そういうところ……も、俺は……すごく、好き、だよ」

淀《よど》みなくとはいかなかったが、なんとか言えた。

ほっとして再び月愛を見ると、彼女は赤い顔をして俺を見つめていた。

「……！」

だが、目が合うと逸らされ、もじもじした仕草で俯く。

やはりこんなことではダメか……と思ったのだが、月愛は頬を赤らめたまま、チラチラ俺を見ていた。

その表情は先ほどより緊張感が解けた様子で、喜色に彩《いろど》られている。

「……あのさ、リュート？」

恥ずかしげだが、嬉《うれ》しそうに、月愛は口を開いた。

「ん？」

「テスト終わったら、ショッピング行かない？」

久々に、ちゃんと視線を合わせて月愛が話してくれる。それが嬉しくて、食い気味に頷きかけ……頭の中にカレンダーを展開した。

「うん……修学旅行の前に、ってこと？」

金曜日に学年末試験が終わると、テスト休みで、次の週の木曜日まで学校がない。金曜日に一日だけ、終業式兼テスト返却日があって、晴れて春休みとなる。

俺たち二年生は、翌週の月曜日から修学旅行だ。上の代からこのスケジュールなので覚悟はしていたが、せっかくの春休みが潰れるのはもったいないと思ってしまう。

「そそ。テスト終わったらすぐ。日曜日はどーかな？」

「ああ」

それなら……と頷こうとしたタイミングで、月愛が先を急ぐように口を開く。

「それでね、アカリも一緒なんだけど、いい？」

「えっ？　い、いいけど……なんで？」

予想外の名前に、俺は戸惑って言葉に詰まる。

「もともとアカリから買い物に誘われてたの。アカリって、スタイリスト目指してて服飾の専門に行こうとしてるんだけど、自分がPサイズだから買い物が難しくて、最近ちょっと進路迷ってるんだって」

「Pサイズ？」

「小さいサイズのこと。Sサイズは細身な体型のサイズだけど、丈は普通身長で作ってるでしょ？　背が低い子には、Sでも大きいの」

「そ、そうなんだ……」

「だから、平均身長のあたしに試着してもらいたいんだって。服をコーディネートする楽しさを感じて、夢を再確認したいからって」

「それはわかったけど、じゃあ、月愛と谷北《たにきた》さんで行けばいいんじゃ？　荷物持ちくらいはできるかもしれないけど、俺が行ったって……」

女子トークのお邪魔になるだけでは……というか、谷北さんと三人だなんて、正直気まずいし……と思っていると、月愛は周りをキョロキョロ見回す。何を確認したのかわからないけど、とりあえず安心した顔になって、そっと声をひそめて言った。

「あのね、それで実は、リュートには……伊地知《いじち》くんを誘って欲しくて」

「イッチー？」

またも予期せぬ名前が出てきて、俺は目を丸くする。

「それって、ダブルデート……ってこと？　谷北さんに言われたの？」

「なわけないじゃん！　アカリにはサプライズ。でもあの子、あんなに伊地知くんのこと気になってるのに、一度フッちゃったせいで、本人に気持ち伝えられてないじゃん？　ここで距離が縮まれば、修学旅行でいい感じになれたりしないかなぁって」

「ふぅむ……」

俺は唸《うな》ってしまった。谷北さんのあの感じで、果たしてKENのことしか頭にない今のイッチーとうまくいくのだろうか。

不安しかないけど、さっき本人にも伝えた通り、月愛の友達想いなところは好ましく思っているので、協力できるものならしてあげたい。

「……わかった。誘ってみるよ」

俺が頷くと、月愛の表情がさらに明るくなった。

「やったー！」

軽く両手を上げて、俺から離れるように後ろにぴょんと腰を浮かせて跳ぶ。

「ありがと、リュート……って、わわっ！」

どさっ、と床に物が落ちる音がして、月愛が焦《あせ》ってそれを拾う。

落ちたのは、俺の鞄《かばん》だった。二人用の席なので、俺の荷物をベンチシートの方に置かせてもらっていたのが、今の拍子に月愛にぶつかって落下したみたいだ。

「ごめぇん……この穴って、今開いちゃった感じ？」

月愛が、拾った俺の鞄を見て、底部をこちらに見せてくる。

俺の鞄は布製のリュックサックで、キャンパス地というのか、わりと丈夫な素材でできていた。けれども、テキストの角がよく当たる底面の角は擦《こす》れやすく、一箇所とうとう完全に破れてしまっていた。

「あ、いや。年明けくらいからあった、その穴」

頭を掻《か》きつつ、俺は答える。

「まともな鞄、これしか持ってないから。冬休み、予備校のテキスト何冊も入れて毎日持ち歩いてたら、重すぎてボロくなってきちゃったんだよね。もっとちゃんとしたやつ買わなきゃと思ってるんだけど……」

非オシャレ民にとって「服飾品を買う」というのはひたすら憂鬱でめんどくさいイベントなので、まだ持てるからいいやと後回しにしていた結果がこれだ。彼女に穴の開いた鞄を見られたのが恥ずかしいのと、引かれたか？　という焦りとで、上手《うま》く説明できずに口籠もる。

「ふぅん……」

月愛は、何か考え込んでいるような顔つきでつぶやく。

「ごめん、ダサいよね」

俺の自虐に、月愛は軽く首を振った。

「ううん、全然。それだけ勉強道具いっぱい持って頑張ってるってことでしょ？」

「う、うんまあ……」

身についているかはわからないけど、とりあえず重いテキストを持って家と予備校を往復していることは確かだ。

「……あたしも、少しはリュートを見習わないとな」

そう言って微笑《ほほえ》んだ月愛は、先ほどまでよりだいぶリラックスした表情になっている。

俺の働きかけが功を奏したのかは定《さだ》かではないが、こうして少しずつでも前進していこうと思った。

◇

　そして、学年末試験が終わった翌々日の日曜日、俺とイッチーは、渋谷の街に降り立った。

「やっぱ変わっちまったよな、カッシー……。渋谷なんてリア充しかいないだろ。なんで男二人でわざわざ、こんな混んでる中歩いて飯食いに行かなきゃいけないんだよ？」

　改札の混雑に眉をひそめ、イッチーが不服そうに言う。

　イッチーには、最初から谷北さんと月愛とのショッピングだと話してビビって辞退されたら困るので、安くて美味《うま》い店があるから一緒に昼飯を食べようと誘っていた。案の定「ニッシーも誘おう」と言ってきたので、ニッシーには「金欠だから二人で行ってきて」と断られたと伝えた。念のため、ニッシー本人にも事情を話して、口裏を合わせてもらっている。

「うん、それはその……とにかく、来てくれてありがとう、イッチー。ごめんな……」

　もうすぐ真相は明かされるが、その前に一応謝っておく。

　それはともかく、だ。

さっきから、俺にはどうしても看過できない点があった。

「……にしても、その格好は一体……?」

イッチーの服装は、会った瞬間、思わず二度見してしまったくらい激烈にヤバかった。よれよれのTシャツに、毛玉だらけの灰色ジャージパンツ。履き潰されたスニーカー。近所のコンビニに行くのも「ギリギリセーフ」な門外不出スタイルだ。

俺もファッションにはだいぶ疎《うと》い方だが、さすがに家用ジャージで渋谷に来る勇気はない。

普段からオシャレとは縁遠いイッチーだけど、よりにもよって、スタイリストを目指すほどの超オシャレ女子・谷北さんとのダブルデートに、男の俺でもひるんでしまう限界ファッションで現れるなんて。

「一体って、カッシーこそなんだよ。急にオシャレ気取りか? 俺がいつも着てるTシャツだろうが」

腹を減らしてきたのか、イッチーは怒りっぽい。

確かに、言われてみれば、そのなんのこだわりもなさそうな「DO YOUR BEST」という英字ロゴと、謎のキャラクターが配置された黒Tシャツには、だいぶ見覚えがある。しかし、以前はもうちょっとハリがあったような……と考えてハッとした。

Tシャツがやたらヨレヨレに見えるのは、たぶんサイズが合ってないからだろう。イッチーが激痩せしたせいで、おそらくXLサイズ以上と思われるTシャツを身体《からだ》が持て余しまくっている。

「じゃ……じゃあ、ズボンは？　それは完全に部屋着では……？」

「いやー、急に痩せたせいで、今穿《は》けるズボンがジャージしかなくて。これは腰にゴムが入ってるし紐《ひも》で縛れるから、いくらゆるゆるでも落ちないんだよ」

「あー……」

そういうことだったのか。痩せて見た目が変わっても、本人が外見に無頓着だとこうなってしまうのか。

「でもさ、カッシー」

「ん？」

「痩せたら、ちょっと寒いよな」

確かに今は三月で、今日は比較的暖かいという予報が出ていたが、さすがに半袖のTシャツ一枚で歩いている人はほぼいない。俺もパーカーの上にジージャンを羽織っているくらいの気温だ。

「今までは真冬でもTシャツの上にジャンパーだったから、長袖とか持ってないんだけど」

「それは新しい服を買おうよ、イッチー……」

こんなイッチーを見て、谷北さんはガッカリしないだろうか……しかし、逆に彼女がこれでイッチーに幻滅して恋心を失うなら、それはそれで双方にとって平和な気もする……などと様々なことを考えつつ、一抹の不安を抱いて月愛たちとの待ち合わせ場所であるハチ公前へ向かった。

休日のハチ公前は、たくさんの人で溢《あふ》れ返っていた。ちょうどお昼前の時間帯なので、食事に行くのに待ち合わせする人が多いのかもしれない。

「おい、カッシー？　店どっち？　どこに向かってるんだよ？」

「ちょ、ちょっと迷ってて」

晴れてはいるが、なんとなく雲の多い三月の空の下。青信号に向かって大移動する人波に巻き込まれながら、俺はイッチーの不審な視線をかわしつつ、月愛の頭を捜した。

「あ、来た来た！　リュート、こっちだよー！」

月愛の声がする方に目を向けて、ようやく彼女を見つけた。

月愛は、器用に人を避《よ》けながら、俺の方へすっすと歩いてくる。

「てか、伊地知くん目立つね！　人混みでベンリ〜！　身長いくつだっけ？」

「……⁉」

俺の後ろにいたイッチーは、いきなりの月愛の登場にビビリつつも。質問には答えようと、あたふたと口を開く。

「……こ、この前、保健室で測ったら、百八十二になってた……」

「へーまだ伸びてるんだ、スゴー！　二メートル行くかもね！」

「………………」

月愛のボケとも本気ともつかないノリに、イッチーは早くも黙ってしまった。

「いや、さすがに男子でも今からそんな伸びないよー。なー、イッチー？」

代わりに、努めて明るくそう言うと、そんな俺をイッチーがすごい形相で見てくる。

「カ、カッシー⁉　なんで白河さんがいんだよ⁉」

「いやっ、それは……」

小声で問い詰められて、俺は月愛を見ながら口籠もる。

「俺にイチャつきを見せつけて、ぼっちを嬲《なぶ》り殺す気か⁉　彼女と会いたいなら二人で会ってればいいだろ⁉」

イッチーは涙目になりそうな勢いで歯軋《はぎし》りしている。

「い、いや、それが二人じゃなくて……」

そう言って月愛の後ろに目をやると、俺の視線を辿《たど》るように、イッチーが首を伸ばす。

小柄な彼女は、人波に呑《の》まれがちで、俺も最初わからなかったけど。

そこには……谷北さんが立っていた。

「……ぃいいぃっ⁉」

イッチーは彼女を見ると、まるで幽霊にでも出くわしたかのような面相になった。驚きで声も出ず、口をパクパクさせている。

一方の谷北さんも、イッチーの限界ファッションを見て、唖然《あぜん》としていた。

「………」

「ごめん、伊地知くん。あたし、アカリとリュートと買い物がしたかったの。三人だとバランス悪いでしょ？　だから伊地知くんにも来てもらいたくて……サプライズってやつ？」

弁解するように言う月愛の言葉も、顔面蒼白《そうはく》のイッチーの耳に入っているかどうか、わからない。

「うちら修学旅行も一緒じゃん？　楽しくなりそうだよねっ！」

月愛の明るい声が、渋谷の雑踏にむなしく吸い込まれていった。

◇

これで役者は揃《そろ》ったが、このまま買い物に行くのは昼飯と偽って呼び出したイッチーに悪いので、俺たちはセンター街にあるピザの食べ放題店に来た。

「…………」

レンガ模様と赤い差し色がイタリアっぽい（たぶん）内装の店内で、俺たちは窓際《まどぎわ》の四人席に座り、銘々カウンターから取ってきたピザを黙々と食べている。

月愛いわく、土日はいつも混み合っているという、安くて美味い食べ放題の人気店だが、まだお昼にはちょっとだけ早い時間なので、店内には空席も見られる。

若者のグループが多いだけあって、店内のあちこちでワイワイ会話に花が咲いており、そんな中で俺たちの様子はちょっと異様だった。

窓を背にしたソファ席に、月愛と谷北さんが並んで座り、その向かいに俺とイッチーがいる。

谷北さんは両手でピザを持って、夢中ではむはむと食べていた。時々ちらりとイッチーを見ては、頬を赤くして、小刻みにピザをかじる。その様子は小動物っぽくて可愛《かわい》らしい。

限界ファッションのイッチーへの反応が心配だったけど、この感じだと、恋心にはなんら影響はないみたいだ。

イッチーはイッチーで、固く顎を引き、皿の上のピザだけを見つめて無心で食事している。

おい、どうするんだこれ……。

ここから何かが始まるのか？

心の中でツッコんで隣を見ると、月愛もピザを咀嚼《そしゃく》する顔が引《ひ》き攣《つ》っている。

「……谷北さんって、今まで彼氏いたことあるの？」

月愛がカウンターに新たなピザを取りに行くタイミングで、俺も皿を持って席を立った。並んでピザを取りながら訊《き》いてみると、月愛は軽く首を傾《かし》げる。

「やーわかんない。アカリ、そういう話するの嫌がるから。たぶん身近な男子と付き合うのとか興味ないんだろーなって思ってたけど」

つまり、おそらくは経験ゼロってことか。イッチーも当然ゼロだし、どちらかのリードに期待することは難しいだろう。

今日は大変な一日になりそうだ……。

これに比べたら、山名さんと関家さんとのダブルデートは百倍楽しかったな……まぁ、終わり際に二人があんなことになってしまったのは置いておいて……と、早くも現実逃避しそうになる。

なんとか昼食を乗り切って、俺たちはいよいよ買い物のために街に繰り出した。

月愛と谷北さんは、人が行き交う雑踏を迷いなくすり抜けて、円柱形のタワーがそびえ立つ建物へ吸い込まれていった。てっぺんに「109」と書いてある、渋谷のシンボル的なファッションビルだ。さすがの俺でも、その存在は把握している。

中に入ると、若い女性向けと思われるアパレルブランドが軒を連ねる、想像した通りの華々しい空間が展開されていた。

「………」

なんとなく半歩後ろを振り返ると、まるで変質者さながらに挙動不審な視線を撒《ま》き散《ち》らすイッチーがいる。俺も緊張しているし、気持ちはわかる。

「ルナちは普段、キレイ系ギャル服が多いからー、今日は違う系統でコーデしてみたいんだよね」

谷北さんは、さすがと言うべきか、水を得た魚のように生き生きと、隣の月愛に話しかけている。

「まずは五階行こ！　最近気になってるけど、うちじゃ着こなせないテイストがあって～」

そう言って向かったのは、GYDAと書かれたお店だ。もちろん俺には読めない。

シックな色合いで「都会のお姉さん」といった感じの服が並んだ、陰キャ男子には近寄りがたさMAXのブランドだ。

「布の面積は多くても、身体《からだ》の曲線はビッチリ出すと、ヘルシーでセクシーな着こなしが作れるんだよね」

流暢《りゅうちょう》に語りながら、谷北さんは店内のアイテムをつぶさに品定めする。

「ボトムスはこれがいいな。ってことは、トップスはこーゆー系で……これとこれも足したいよね」

「えーマジ⁉　似合うかな～」

「ルナちなら大丈夫！　ちょっと着てみてー！」

「りょー」

谷北さんからアイテムを受け取った月愛は、お店の人に確認を取って試着室へ向かう。

「…………」

相変わらず居心地の悪そうなイッチーと二人、そわそわしながら待つこと数分。

「どぉ?」

現れた月愛は、俺の知っている普段のギャルファッションではなかった。

スポブラのようなタイトで短いタンクトップに、ジャージのようなフルレングスパンツ。白地にブランドロゴが走るサイドラインが目立つそれは、同じスウェット素材でも、イッチーが穿《は》いているものとは百八十度違うイメージで、ウェットスーツのようにお尻や太ももの形がくっきりわかるタイトなデザインだ。お腹《なか》と両肩が露出しているのにあまりエロさを感じないのは、羽衣のように腕に引っ掛けてまとった、チェック柄のシャツの功績だろう。おまけにキャップを被《かぶ》って、薄いカラーのサングラスをつけているから、雰囲気が変わるのも当然だ。

「いいじゃーん! アメリカ西海岸にいそうな、リゾート系スポーティギャル!」

谷北さんは両手を叩《たた》いて喜んでいる。月愛の仕上がりが、イメージ以上だったらしい。

「えーだいじょぶ? 事故ってない? こーゆーの初めてなんだけど」

「すっごい似合ってるよ! ね、加島《かしま》くん?」

谷北さんに訊かれて、俺は不安そうな月愛に向かって頷《うなず》く。

「う、うん……すごくオシャレって感じがする」

するとˋ月愛の頰がポッと上気する。サングラスからのぞく瞳が、少し潤んだ気がした。

「そ、そうかな……」

照れてる……可愛い……。

前までの月愛は、褒められたときもどちらかというと「マジ？　ありがとー！」という感じだったので、こういう反応は新鮮できゅんとする。

相変わらず、俺と目を合わせる回数も少なく、よそよそしい様子が続いている月愛だけど、悪いことばかりではないなと思う。

「よーし、じゃあ他行こっ！　すいませーん、今日はいろいろ見たいんで、とりあえず次行ってきますねー！」

谷北さんが店員さんに言って、店員さんも「いってらっしゃーい！　またお待ちしてますね〜」と明るく返してくれる。試着したら買わなければいけないと思っていた俺には、衝撃のやりとりだ。

「次は、LIZ LISA行こー！」

「えっ、マジ⁉」

谷北さんの言葉に、月愛はぎょっとする。

「あたしのテイストじゃなくない⁉　着たことないんだけどー！」

月愛がそう言う理由は、店に着いたらわかった。パステルピンクとモノトーンが目立つ陳列棚には、フリルとリボンの洪水が起きている。

「ここの服、ちょっとマリめろっぽくない？　マリめろが似合うなら、双子のルナちも似合うんじゃないかなー？」

そう言われてみれば、そのテイストは確かに、幾度か見かけた黒瀬さんの私服に通じるものがある気がする。彼女の服より、ちょっと派手でギャルっぽい印象だから、月愛が着るのには絶妙な案配かもしれない。

「え〜こういうの初めてなんだけど。似合うかなぁ？」

月愛は不安そうだったが、谷北さんに選んでもらったアイテムを手にして、試着室へ向かった。

「ルナち、まだ〜？」

数分後、なかなか出てこない月愛に、谷北さんがカーテンの外から声をかける。

「ん〜」

「どしたの？　サイズは合ってるやんな？」

そう言って、カーテンを細く開けて顔を突っ込む。

「あっ、着れてるじゃん！　出てきなよー」

「えっ、でもぉ……」

「ほら！」

シャーッとカーテンが開けられて、月愛が姿を現す。

月愛の顔は真っ赤だった。

そして、肝心の服装はというと。

襟や胸元にリボンとフリルのついたデコラティブな白ブラウスに、サスペンダー付きのフリフリのピンク色ミニスカートという、どことなくゴスロリのエッセンスを感じる服は、メイド服にも近いものがある。メイド服はこの前プリクラショップで着ているのを見たばかりだし、それほどの違和感はない。

「意外とよくない？　加島くん、こういうルナちはどう？」

谷北さんに訊かれて、俺は固まっていた首を下に向ける。

「……うん、か、可愛い」

恥ずかしくて、ちょっとキョドってしまった。イッチーに聞かれたくないので、蚊の鳴くような声になってしまったし。

それをどう受け取ったか、月愛が動揺したそぶりになる。

「……へ、変じゃない？　こーゆーのって、海愛《まりあ》みたいな黒髪の清楚《せいそ》系の子が着た方が

「……」

「そんなことないよー！　もともとキャバ嬢系の人たちが着てたのが姫ギャルの元祖なんだから、髪だって派手でいいんだよ」

谷北さんがすかさずフォローする。

「うーん、そっかぁ」

月愛はなおも自信なげだった。俺をちらちら見ては、すぐに目を逸《そ》らす。

そんな彼女を見て、俺はこの前決めたことを思い出した。

自分から、積極的にコミュニケーションを取る。

谷北さんとイッチーがいる前で恥ずかしいけど、やってみよう。

「……か……」

やっぱり恥ずかしい。ただでさえ柄じゃないのに、他の人までいる、こんな空間で。

「……か、可愛《かわい》いよ」

噛んでしまったが、さっきよりは大きな声で言った。

「はぇっ!?」

月愛は真っ赤になり、うろたえて試着室をぐるぐる歩き。

「きっ、着替えるねもうっ！」

自らカーテンを引いてしまった。

そして。

「カッシー……ほんと変わっちまったな。そんなチャラ男みたいなうすら寒いセリフを言うようになって……」

残された俺に、ジト目のイッチーが、詰《なじ》るようにツッコんできたのだった。

その後も、谷北さんプロデュースの月愛のファッションショーは続いた。

次の店では、袖にボリュームのあるトップスにウエスト位置の高い合革のタイトミニスカートを合わせた個性的なスタイルで、

「EMODAのモード風アイテムで、大人っぽギャル爆誕！」

その次の店では、

「パワショルの短めトップスとブーツカットのデニムで、Y2Kど真ん中コーデ！　ブルピンみたいでカッコよくない⁉」

もはや、谷北さんの言っていることは、ほぼわからない。

「……ブ、ブラピ……？」

よく聞き取れず有名ハリウッドスターの顔が浮かんだが、たぶん違うだろう。例によっ

て韓流アイドルの名前なのかもしれない。

しかし、ひとつ言えることは、こんなに系統の違う服なのに、不思議と、どれも月愛に似合っている。谷北さんのセンスがいいのは大前提として、月愛のスタイルの良さに改めて驚かされる。

「……いいなぁー、ルナち。ほんとになんでも似合うね」

そのとき、まるで俺の考えとシンクロしたように、谷北さんが試着室の中の月愛を見てしみじみつぶやいた。

「うちがルナちみたいな体形だったら、毎日お店行って試着室荒らしになりそう。ね、将来モデルになりなよ？」

「えーっ、ムリだよー！　タピオカ飲んだらお腹プヨプヨになるし」

「そんなの我慢しな⁉　モデルだよ⁉」

「えームリ！」

谷北さんと言い合っている月愛は、いつもと同じ明るい彼女だ。

そんな姿を見ていると、少しだけもどかしい気持ちになる。

心は確実に、少しずつでも、近づいてるはずなのに。

それなのに、距離を感じるなんて。

「てか、まだやるの、アカリー？　リュートたちも疲れたんじゃない？」

　唐突に、月愛にまばたき多めの視線を投げかけられ、俺も目をぱちぱちさせる。

「い、いや、俺たちは見てるだけだし……」

　と傍《かたわ》らを見ると、イッチーはどこかほっとした面持ちをしている。109に入ってからずっと死んだ目をしていたので、「やっと終わるのか」という嬉《うれ》しさがモロ顔に出てしまっているようだ。

「あっ、ほんとだ。もう二時間もやってるー！」

　スマホを取り出した谷北さんが、驚いたように目を見開く。

「みんな、付き合ってくれてありがとー！　うん、もうだいぶ満足したし、ちょっと休もうか。飲み物くらい奢《おご》るよ！」

　上機嫌で言う谷北さんに、月愛がおずおずと口を開く。

「その前に、あのさ……これ着替えたら、さっき試着した服、買ってきてもいい？」

「えっマジ!?　嬉しー、気に入ってくれたのあった!?　どこの店のやつ？」

　尋ねられて、月愛はポッと頰を赤らめる。

「……えっと……ね……LIZ LISA」

　消え入りそうな声で、そう答えた。

「マジ⁉　意外！　ルナち姫系デビュー⁉」

ブランド名をひとつも覚えていない俺は、谷北さんの言葉でハッとする。

あのメイド服っぽいやつか……一番恥ずかしがってたのに、確かに意外だ。

◇

そうして俺たちは、LIZ LISAのショップバッグを手にした月愛と、近くのファミレスへ向かった。

混み合った店内ではあるが、ドリンクバーの飲み物を取ってきて、ほっと一息つく。窓《まど》際《ぎわ》のテーブル席で、三階の店内からは道玄坂を行き交う人々の様子が見えた。

「ほんと楽しかったぁ」

谷北さんの上機嫌は続いていて、ウキウキ顔でホットココアを飲んでいる。

「でも、試着だと、同じブランド内でしかコーデ作れないのが難だよね」

「あーそれはあるね」

「やっぱスタイリストはいいなぁ～、いろんなブランドの服借りれて」

谷北さんと月愛が隣同士で盛り上がる一方、向かいに座る俺は、隣のイッチーを盗み見る。コーラをちびちび飲むイッチーは、相変わらず所在なげだ。

これでは、なんのためにイッチーを連れてきたかわからない。少しは谷北さんと交流してもらわないと……と思って、おそるおそる谷北さんに話しかけることにした。俺が会話に入らないと、イッチーも交ざりづらいだろうと思ったからだ。

「谷北さん、スタイリスト以外になりたいものがあるの？」

「ん？　まぁねー。ちょっと、考えてることがいろいろあって」

谷北さんは、俺に対しても気後れなく答える。

「ずっとスタイリストに憧れてたけど、最近『服を作る』のもいいなって」

「アカリ、服作るの上手《うま》いもんねー！　一年のときのＤ組の文化祭の衣装、アカリが作ったんでしょ？」

月愛に言われて、谷北さんはちょっと得意げに微笑《ほほえ》む。

「まぁ、型紙があればね。あとは、簡単なコス衣装くらいなら、オタ友に頼まれてよく作ってるよ」

「コス衣装って、コスプレ衣装？　自分で作れるの？」

「えーっ、見てみたーい！」

俺と月愛の尊敬のまなざしを受けて、谷北さんはニッと口角を上げる。

「そぉ？　じゃあ、今度ルナちに合いそうなの持ってくるから、着てよー？」

「ウソ⁉　えー、楽しみかもー！」

月愛がはしゃぐ横で、谷北さんはちょっと眉尻を下げる。

「でも、なりたいかもって思うのは、そういう『服を手作りする人』じゃないんだ。広い意味での『服を作る人』っていうか、肩書きとしては、デザイナーとか、ファッションディレクターとかになるのかなぁ」

「へぇ……？」

月愛と俺が耳を傾けると、谷北さんは本腰を入れて語り出す。

「お店で一目惚《ひとめぼ》れした服が、自分の身体《からだ》には合わない……って悲しみを経験する人を、減らしたいんだよね」

そう言う瞳は、いつになく真剣だった。

「女の子の服って、大体SとMの二サイズ展開なんだよ。ワンサイズだけのブランドも少なくない。だから、うちみたいに小さかったり、逆に大きかったりする人は、オシャレな服を買うのに苦労するんだ」

「言われてみれば確かに〜。なんで、もっといろんなサイズ作らないんだろーね？」

「サイズ展開を増やせば、それだけいろんなコストがかかるから。ユニクロくらい大きな会社なら、マイノリティなサイズでもある程度売れるのを見込めて、多サイズ展開できるけど。普通のアパレルブランドじゃ無理なんだろうね」

「なるほど……」

なんだか急に、谷北さんが賢く見えてきた。感心していると、彼女は視線を落とす。

「うち、クラスで一番小さいんだ。クラスに女子が二十人いたとして、二十分の一のマイノリティ。そんな人をターゲットにしたって売れる数は限られるから、商業的には切り捨てられちゃうよね。平均身長に合わせて作れば、二十分の十……半分くらいの人には買ってもらえる可能性があるんだから」

そうつぶやく表情には、積年の苦悩が表れているような気がする。

「うちにはSサイズだって大きくて。今は個人的にK-POP系のトレンド追ってるから、ショートパンツやミニスカばっか穿《は》いてるけど、日本の流行のメインストリームはここ十年くらいずっとオーバーサイズとロング丈だからつらいよ。『このスカート、あと三センチ短かったら引きずらないのにな』とか、試着室で悔しい思いばかりしてる。デザイン的に、自分で手直しできるものばっかじゃないし」

「そうなんだ……」

月愛にとっても、谷北さんの話は初めて聞く内容みたいだ。

「……で、でも」

なんだかそんな雰囲気ではなくなってしまったが、イッチーと会話してもらうために、俺は必死で話に食い込もうとする。

「もし谷北さんがデザイナーになったら、商売のために、やっぱり平均身長の人のための服を作ることになるのでは……？」

俺の問いに、顔を上げた谷北さんは、からっとした表情で口を開く。

「それなー。だから、どうせなら小さい人専用のブランドを立ち上げたいよね」

「いーじゃんそれ！　需要ありそう」

手を叩《たた》いて喜ぶ月愛に、谷北さんは頷《うなず》く。

「うん、既にPサイズブランドはあるんだけど、アパレル市場全体で見たら数が少なくて、好みのテイストやデザイン見つけるのに苦労するから、自分で作ったらそこも解決だよねって」

ウキウキしたように言ってから、谷北さんは軽く俯《うつむ》く。

「オシャレが好きなのに、うちが自由に着せ替えられる唯一のマネキンは、Pサイズの自分自身しかいない。だから、スタイリストになったら、スタイルが良くて綺麗《きれい》な人たちに、思う存分、素敵なコーディネートを考えて着せられるって思ったんだけど。デザイナーなら、自分に似合う服を世に増やすことができるんだよね。それもいいなって」

「そうか……」

「いーじゃん、かっこいい！　アカリがどっちになっても応援するよ！」

月愛が興奮気味に言うと、谷北さんもノッてきたように夢見るまなざしになる。

「デザイナーになったら、鞄《かばん》も作ってみたいな～！　鞄ってマジでいいよ。本人の体形によらず、デザイナーの意匠をそのまま身につけられる数少ないファッションアイテムだから」

「い、いしょー？」

言ってることが難しくてわからないけど、谷北さんはそんな俺を置いていく。

「洋服は、どんなに素敵なデザインでも、着る人の体形が服の型紙と合ってなかったら、シルエットが崩れて素敵に着れないでしょ？」

「確かにー」

モデルやマネキンが着てるときはイケてたのに、自分が着てみたら全然似合わない、なんて体験談はよく聞く。

「その点、鞄は体形かんけーないから。デザイナーがデザインしたカンペキなシルエットを、そっくりそのまま自分のものにできるなんて、ファッション好きとしては最高やんな？」

陰キャでもギャルでも、好きなものについての持論を語るときは早口になるんだな、と谷北さんを見ていて思う。

「それもやっぱブランド鞄だよね。エルメス、シャネルは殿堂入りとして。ヴィトンはオンザゴーが神デザイン。でも、自分で持つならディオールかセリーヌだなぁ。うち、卒業したらバイトでお金貯《た》めて、ディオールのフォンホルダー買うのが目標なんだ」

そういえば、と思った。

以前、谷北さんは、月愛がおばあさんからもらったブランド鞄を見て「パパ活」を疑ったことがあったけど、人が持っている鞄のブランドにまで気づけたのは、彼女が鞄に並々ならぬ関心を抱いているからなのだなとわかった。

「ディオールっていえば、ルナち最近ディオール持ってないね？　グッチは今日も持ってるけど」

「あーあれね」

谷北さんに言われて、月愛が口を開く。

「海愛にあげたんだ。あたしより海愛のファッションの方が似合いそーだなって思ったから」

言いながらスマホを取り出し、画面を操作して谷北さんに見せる。

「ほらね？　可愛《かわい》くない？」

「え、マジ⁉　ルナち太っ腹すぎる！　現行品で似たのが三十万以上で売ってるんだよ⁉」

目を見開く谷北さんに、月愛は苦笑して髪をいじる。

「やー、それがさ。あれ、おばあちゃんが二十年前に海外旅行で買ったものらしーんだけど、当時免税で十万くらいしたのに、ちょっと前に質屋に持ってったら『廃盤になったデザインで、状態も良くないので五千円なら買い取ります』って言われて、ガッカリしてあたしにくれたんだって。こっちもそんな感じらしーよ」

「えー⁉　その質屋見る目なさすぎ！　旧デザインのが好きなヴィンテージファンだっているのに！　メルカリに出したら⁉　買い値くらいで売れるかもよ⁉」

「売らないって、使ってるから」

「あ、そっか」

二人の会話を聞きながら、俺はテーブルの上に置かれた月愛のスマホを見ていた。

そこには、私服姿で寄り添う月愛と黒瀬さんの姿が写っていた。おそらく月愛の自撮りなのだろう、少し見切れて笑う月愛と、そんな彼女の腕に寄りかかるように触れて笑う黒瀬さんは、誰の目にも仲良しの親友同士のように見える。

バレンタインの和解からまだ一ヶ月も経《た》たないけど、二人はもう姉妹に戻りはじめているんだ。そう思うと、心が温かくなった。

「で、アカリは結局デザイナーになるの？　スタイリストになるの？　今日はそれを決めに来たんでしょー？」

月愛の声で顔を上げると、谷北さんは悩ましい顔で窓の外を見つめていた。

「うーん……」

休日のカフェタイムのこの時間帯は、渋谷を歩く人々の足取りも、心なしかゆったりしている気がする。

「それは、もうちょっと悩んでから決めようかなぁ。どっちを選んでも正解かもしれないし……スタイリストで売れて、自分のブランドを立ち上げる人もいるしね。とりあえず第一希望スタイリスト学科、第二希望ファッションデザイナー科で出しとこうかな」

「そっか、それがいいね」

友人の結論に、月愛の顔も晴れやかになる。

そこで、谷北さんはふと真面目な顔つきになった。

「……でも、今日ひとつだけ確信したことがある」

見守る俺と月愛を交互に見つめて、谷北さんは微笑む。

「うち、ほんとにファッションが好きみたい。ファッションを仕事にして生きていきたい」

その瞳はひたむきに燃え、声は想《おも》いの強さに震えていた。

「付き合ってくれてありがとう、ルナち。加島くん……伊地知くん」

谷北さんは、俺たち一人一人を見て、そう言った。最後、イッチーのところで伏し目がちになり、頬が紅潮する。

「…………」

イッチーは谷北さんを見られず、大きな身体を縮めてモジモジしていた。

なんてもどかしい二人なんだ。相変わらずイッチーは全然会話に入れていないし、お開きムードが漂う前になんとかしないと、今日イッチーを連れてきた意味がない。

「谷北さんみたいに、夢中になれることがあるっていいね」

話を終わらせないために、俺は言った。

「でも、リュートだって、ゲーム実況、好きじゃん？　伊地知くんも、建築すごいよね。動画見たよ」

月愛もナイスアシストだ。というか、彼女もようやく、本日の裏の目的を思い出したのかもしれない。

「えっ、あっ、ウス……」

イッチーはやはりモジモジしている。

「アカリも見た方がいいよ。すごいから、伊地知くん」

「……………」

谷北さんは口元を引き結んで、テーブルの一点を見つめている。

この様子、実はとっくにイッチーの動画を見ているのかもしれないなと、なんとなく直感した。

「ド、ドリンク取ってくる！」

気まずくなったのか、谷北さんはカップを持って席を立ってしまった。

「あっ、アカリ！　あたしも行くー！」

月愛が慌てたように、底にアイスティーが残った自分のグラスを持って続く。

「……………」

突然イッチーと二人になって、何を話していいかわからなくなっていると、イッチーの方から、急に生き生きと話し始めた。

「そうそう、動画っていえばさ、視聴キッズから『顔出しして欲しい』ってコメントもらったんだよな。どう思う？　顔出ししてもいいかな？」

「えっ？」

今のこの状況についての感想を無視してそんなことを言い出すあたり、イッチーらしいとは思いつつも、頭がついていかず戸惑う。月愛に建築を褒められて、テンションが上がっているのだろうか。

「い、いやそれは……自分で決めることだと思うけど」

「そうだけどさ、ぶっちゃけどう思う？　俺、痩せたらそんなブサイクじゃないよな？　客観的に見てどうよ？」

「う、うん……。で、でも、そのファッションはどうだろ？　渋谷で買い物するのに家ジャージってのは……」

「そんなこと言われたって、今日はお前と飯食いに行くだけだと思ってたんだから」

「そ、それはそうなんだけど……そろそろ新しいサイズで服買ったら？」

「でも、服なんて詳しくないし、どこで何買ってどう合わせていいかわかんないじゃん。そもそも服を買いに行く服もねーし。カッシーだってそうだっただろ？　最近ちょっとイケメン風になってるけどさ」

「いや、それは、月愛……じゃない、白河さんが……」

イッチーの前で「月愛」呼びしてしまったことに動揺していると、イッチーは「はぁ」とため息をついた。

「それ、もういいよ、二人のときは下の名前で呼んでんだろ？　俺たちの前でもそう呼んだら」

「う、うん……」

恥ずかしながら、そうさせてもらうことにする。

「俺もファッションのことはわからないけど、この頃は、月愛……に、買い物のついでに俺の服も見てもらったりしてるから……」

そこで、月愛と谷北さんがドリンクバーから帰ってきた。

「そ、そうだ！　せっかくだから、イッチーも谷北さんに服選んでもらったら？　未来のスタイリストなんだから、得意分野だよね⁉」

思いついた名案をすぐに披露すると、月愛も目を輝かせる。

「そっ、そうだよ伊地知くん！　どう、アカリ？　伊地知くんにはどんな服が似合うかな？」

「は、はぁっ⁉」

まだ座っていなかった谷北さんは、グラスを持ったままテーブルの横に立って、この流れに面食らっている。

「な、なんで、うちがそんなの選ばなきゃいけないの⁉」

「だってアカリ、ファ……」

「何言ってんのルナち⁉」

月愛に恋心を暴露されるとでも思ったのか、谷北さんが激しく動揺して遮る。

「うちは伊地知くんなんて、全然キョーミないしっ！」

周囲の席の人たちが、思わずこちらを見るくらいの大声で、谷北さんが叫んだ。

俺も月愛も、イッチーも、唖然《あぜん》として彼女を見守る。

「…………」

ただでさえ一度フラれてるのに、今さらなんでそんなことを言われるのかわからないといった表情で、イッチーは言葉も出ない様子だ。

それを見て我に返ったのか、谷北さんが青ざめる。かと思うと見る間に赤くなって、持っていたメロンソーダを、立ったまま一気飲みした。

「そーよ、興味ないのっ！　興味ないけど……ッ！　ちょっと来なさい！」

テーブルに空のグラスを勢いよく置くと、谷北さんはその手でイッチーの胸ぐらを摑《つか》んだ。

「うわっ⁉」

イッチーが声を上げる。

自分から引き寄せたくせに、至近距離にあるイッチーの顔に赤面しながら、谷北さんは精一杯の強気な表情でイッチーをにらむ。

「うち、メンズファッションにも詳しいの！　このアカリ様が、全っ然興味ないあんたなんかにも、トクベツにコーディネートしてあげるわっ！　ありがたく思いなさいっ！」

「ヒィ……！」

イッチーは声も出せずに震えている。身長百八十超えの男が、三十センチ以上小さい女の子に胸ぐらを摑まれて縮み上がる異様な光景に、店内の一部がざわついている。

これは……この展開は、どうしたらいいんだ？

戸惑いながら月愛を見ると、同じタイミングでこちらを見た彼女と目が合った。

「あは……アハハ。なんでこうなっちゃったのかな？」

月愛は、引きつったような苦笑いを浮かべている。きっと俺も似たような顔になっているだろう。

そうしている間にも、谷北さんはイッチーを引っ張ってレジの方に行ってしまい、俺たちは遅ればせながら退店の支度をして、慌てて二人の後を追った。

◇

谷北さんは店を出ると、イッチーの腕を引っ張ってずんずん道を進んでいった。

１０９の方に戻って、センター街を突っ切って彼女が向かった先は、白い壁面にＺＡＲＡと書かれた三階建てのビルだ。ショーウィンドウにはマネキンがオシャレに配置され、いかにもファッショナブルな人が集いそうなお店だが、本日初めて、俺でも聞いたことがあるアパレルブランドに連れてこられたので、少しほっとしてしまった。

店内に入ると、谷北さんは案内を見てエスカレーターに乗る。俺たちも続いて、三階のメンズコーナーにやってきた。

「ふんっ！」

谷北さんは、ようやくイッチーの腕を離した。相変わらずその顔は真っ赤だ。

「あんたなんか！」

そう言いながら、陳列された商品を物色して歩く。

「身長があってなんでも似合うんだしっ！」

ハンガーにかかっていたトップスをパパパッとチェックして、ひとつのハンガーを選び出す。

「こんなのでも着とけば!?」

そして、素早くボトムスのコーナーへ向かって、またしてもその中から迷いない手つきで一本を取り出す。

「これもっ！」

さらに、アウターからもひとつ。

「これだって、どーせ似合うんでしょっ！」

イッチーの両腕に、谷北さんから渡された洋服が重なっていく。

「何グズグズしてんのよっ！　とっとと試着室に行きなさいよねっ！」

一喝されても、イッチーは茫然《ぼうぜん》としたまま動かない。谷北さんの勢いに圧倒されているようだ。

「よし、イッチー！　せっかくだから着てみようよ！」

そんなイッチーを、なんとか後押しする。

「こんな機会、滅多にないし。俺も試着室までついてくから！　一人で買い物来たって、

絶対こんなお店の服着る勇気ないだろ⁉」

「う、うん、それはそうだな……」

なんとかイッチーを頷《うなず》かせることに成功した俺は、そのままイッチーをなし崩しに試着室へと導いたのだった。

「これで合ってるのか……？」

カーテンから出てきたイッチーは、露骨に不安げな顔をしていた。

でも、普通に悩む必要はないと思う。

イッチーが身に纏《まと》っていたのは、胸ポケットがついた長袖カットソーに、ぴったりめのフルレングスパンツ。それに膝丈ほどの、薄いロングコートを羽織っている。上半身がゆったりめだから、下半身のスキニーシルエットがかっこいいというのは、ファッション素人《しろうと》の俺にでもなんとなくわかる。

「めっちゃいいじゃん、イッチー！」

さっきまでの、家ジャージ限界ファッション男とは別人のようだ。この格好だと普通にイケメンに見えてくるので、なんかちょっと癪《しゃく》に障《さわ》るくらいだ。

「やっぱり似合ってるじゃないの……！　あんたって、ほんと思った通りの男ね！　意外性のかけらもないわっ！　ロングコートで『着られてる感』が出ないなんて、粗大ゴミかってくらいムダに大きいだけあるじゃないっ！　あー思い通りすぎてつまんない！　あんたみたいな男って、きっと粗大ゴミみたいな一生を送るんでしょーねっ！」

谷北さんの鼻息が荒く、勢いだけの罵倒にも気合が入っている。自分のコーディネートが予想通り似合っていて、興奮しているようだ。

「ほんとだー！　いーじゃん、伊地知くん」

月愛も拍手してイッチーを見ている。ちょっと複雑……まさか、イッチーにこんな気持ちになる日が来るなんて。

「えっ、これいいのか？　カッシー？　ほんとに？」

「う、うん。めっちゃかっこいいよ。似合ってる」

俺のダメ押しの褒め言葉で、イッチーはようやく安心した顔をする。

「そっか……でも服って高いよな。着ながら計算したら、全部で一万八千円だったんだけど」

さすが理系なことを言って、イッチーは渋っている。

「お金なら貸すよ！　いくら足りない？」

俺の申し出に、イッチーは緩く首を振る。

「いや、親に『渋谷に行くなら新しい服でも買ってきなさい』って二万円渡されたから、買えるんだけど……服にそんなに使うのもったいねーなって。こっそりゲーム代にしようと思ってたのに」

「ダッ、ダメだよ、イッチー！　親御さんの気持ちを無駄にしちゃ！」

どうやらイッチーのお母さんかお父さんも、息子があの格好で街へ出かけることに思うところはあったようだし。

「もったいないから！　『陽キャゆーすけ』で、顔出しするかもしれないんだろ!? カッコイイ服着てたら、キッズたちに憧れられるんじゃないかな!?」

俺でも一緒に歩くのが恥ずかしいレベルの友人の服装を、少しでもマシにしたい気持ちと、変な方向に暴走してしまった谷北さんと萎えっぱなしのイッチーを結びつけるには、ここで彼女が選んだ服を買ってもらうしかないという気持ちで、いつになく必死になってしまう。

「……うーん。カッシーがそう言うなら、買うかぁ」

そんな俺の気持ちが通じたのか、イッチーは渋々ながら購入の意思を固めてくれたのだった。

「ありがとうございましたー」

店員さんの声を背に、俺たちは店を出た。「そのまま着ていけば？」というみんなのアドバイスを聞き入れ、イッチーは生まれ変わったファッションで渋谷の街を歩き出した。手にしたZARAの袋には、さっきまでの限界ファッションが入っている。ZARAの袋も、想定外の闖入者《ちんにゅう》にさぞかしびっくりしていることだろう。

「これで、ほんとにキッズにバカにされないかな？」

自分の全身を改めて、イッチーはそわそわした顔で言う。

「うん、これなら絶対大丈夫だよ。……でも、真面目な話、顔出しについては冷静に考えて決めた方がいいよ。こんな世の中だから……いろんなこと特定して、誹謗《ひぼう》中傷してくる人もいるかもしれないし」

「まぁな、リスクはわかってるよ。キッズの中には『顔出し絶対ヤメロ』って、俺に何度も言ってくるやつもいるしな」

イッチーは「陽キャゆーすけ」でTwitterをやっているので、キッズからのコメントはそこに来るらしい。

「でもさ、俺たち陰キャだろ？　俺はカッシーと違って美人の彼女がいるわけでもないし、ずっと日の目を見ない生活をしてきたわけじゃん。それでようやく参加キッズになれて、ちやほやしてくれる人たちが出てきたんだから……ちょっと調子に乗るくらい、許されないかな？」

「まぁ気持ちはわかるけど……」

そのとき、イッチーが急に肘で俺を小突いてきた。

「おい、すげーな、あれ」

イッチーが示したのは、向かいから歩いてくる金髪ド派手ギャルだった。特筆すべきはそのファッションで、パンツの線まで見えそうなほどピッタリしたミニ丈のニットワンピースだけでもエロいのに、なんとその胸の部分が、かまぼこ形に切り取られて開いている。そこからこんもり盛り上がった生の谷間がのぞいていて、ほとんどの男が二度見してしまうであろう刺激的な装《よそお》いだ。もちろん俺も、顔が動かない程度に二度見してしまった。月愛が前を歩いてくれていてよかった。

「はぁ……」

思いきり振り返って谷間ギャルを見送ったイッチーが、眼福を堪能《たんのう》したというようにため息をつく。

「死ぬまでに一度でいいから、あーいう経験豊富そうなお姉さんとエロいことしてみたいわぁ」

それは決して大声ではなかったが、すぐ前を歩いていた谷北さんと月愛の耳には届くほどの声量だった。

イッチーのセリフに反応するように、谷北さんが振り返る。その顔には超弩級《ちょうどきゅう》の怒りが表れていた。

「キッショ！　これだから、童貞ってマジないわー！　キモすぎ！　息しないで欲しい！　埋まって！　ブラジル突き抜けて月まで飛んで！」

そこまで⁉　そこまで言う⁉

「ア、アカリぃ〜〜！」

月愛ももう、とりなしきれずに泣き笑いだ。

俺は谷北さんの気持ちを知っているから、それが恋する乙女の嫉妬による発言だとわかるけれども。

「…………」

純度百％のディスと受け取ったイッチーは、ひたすら目を白黒させていた。

「な、なんだよ……。童貞は夢も見ちゃいけねーのかよ？　経験豊富な美女にリードされたいって、童貞の夢じゃねーか……」

谷北さんが前に向き直ったのを確認してから、イッチーは俺に囁《ささや》くように愚痴る。

「てか、人のこと勝手に童貞って決めつけやがって。陰キャだからって馬鹿にしすぎだろ」

「あっ……」

それは、俺が以前、彼氏に非童貞を希望しているにもかかわらずイッチー（Ver.2.0）に一目惚《ひとめぼ》れしてしまった谷北さんに「イッチーは童貞だよ」と言ってしまったせいだ、ごめん！

「ま、まあ、さっきまで限界ファッション……もといサステナブルな装いだったから、非モテだと思われただけで！」

「おい、何がサステナブルじゃ。『限界ファッション』って聞こえたぞ」

「でっ、でも今の格好なら大丈夫！　かっこよすぎて全然ＤＴに見えないよ！」

「……そうか？」

イッチーは、途端にまんざらでもない顔になる。

「そうそう！　ほら、せっかくの休日だし、楽しいことだけ考えようよ！」

「まーそうだな」

俺に同意したイッチーの声は、もうすでに気持ちが切り替わったかのように、カラッとしている。俺はイッチーのこういうところが割と好きだ。

それだけに、そんなイッチーが一ヶ月も不登校気味になり、激痩せするほど引きずった谷北さんへの失恋は、彼の心に未《いま》だ深い傷を残しているのだろうと推察できる。

「はぁ〜。さっきのギャル、めっちゃエロかったな〜」

楽しいことだけを考えることにしたイッチーが、さっきよりだいぶ小声でつぶやく。

「エロいギャルっていいよなぁ。鬼ギャルも、ああいう感じのエロギャルだと思ってたんだけどな。まさかの一途《いちず》な純情乙女って、ちょっと期待外れよな。弄んで欲しかったわ」

「ま、まあ、さっきのギャルだって、中身は純情かもしれないよ……？」

なんてことをマジレスしていると、イッチーはいつの間にか真顔になっていた。

「……この前、ニッシーにもそれ言ったらさ、『山名さんのことそんなふうに言うなよ』ってキレられたんだよな」

確かに、好きな女の子のことをそんなふうに言われたら、腹が立つ気持ちもわかる。俺も、月愛が言われていたら不愉快だ。

「なー、カッシー？」

何を考えているのか、ふとイッチーが難しい顔をして、俺を見つめる。

「ニッシーって、鬼ギャルのこと好きなのかな？」

「……！」

不意打ちの核心をついた問いに、思わず目が泳いでしまった。

「さ、さぁ……本人に訊《き》いてみたら？」

「やだよ。また怒られたら怖いし」

ふいっと前を向いて、イッチーはつぶやく。

「みんな怖ぇーよ……恋愛がらみの話になると」

「……それだけ真剣ってことなんだよ」

「いいよな、真剣に恋愛できるやつらは」

投げやりなイッチーの言い方に、焦《あせ》りを感じて口を開く。

「そ、そんな……イッチーだって、谷北さんのこと真剣に好きだったじゃんか。告白までするほど……」

「その話はもうやめてくれ……黒歴史だ……」

げんなりしたように俺を見たイッチーが、視線を落としてつぶやく。

「俺はもう、しばらくはKENだけでいいわ」

「…………」

どうやら、谷北さんとイッチーを近づけようという月愛の目論見《もくろみ》は、今日のところは完全に失敗に終わったと結論づけるしかないようだった。

◇

「はぁ〜……全然上手《うま》くいかなかったな……」

解散後、二人になって乗った帰りの電車で、月愛はガックリ肩を落としていた。

「アカリもさ、なんであんなふうになっちゃったんだろうね？　あれじゃ嫌われちゃうよ」

「ん、まぁ……今じゃなかったのかもしれないよ。恋愛ってほら……タイミング、みたいなところあるよね」

以前の俺だったら、そんなこと考えもしなかっただろうけど。

俺の人生初の告白は失敗した。告白の相手である黒瀬さんは、四年後に、再会した俺を好きになってくれたけど、今度は俺が彼女をフることになった。

人の気持ちも状況も、常に変化するものだから。

誰かが自分を見てくれている瞬間に、その人を好きになることができた人だけが、幸せな恋を手にすることができるのだろう。

イッチーが谷北さんにフラれた傷は、未だ癒えていない。谷北さんも、きっとそのことをわかっているから、申し訳なくて素直になれないのだろう。

今日の二人を見て、そんなふうに思った。

「それにしても、谷北さんって、ほんとにファッションが好きなんだね。スタイリストでもデザイナーでも、なれるといいね」

まだ落ち込んでいる様子の月愛の気を逸《そ》らすため、俺は話題を変えた。

「あぁ……そだね。進路希望調査、もう書かなきゃいけないもんなぁ」

気を逸らすことには成功したが、月愛の顔はまだ晴れない。

「そういえば、伊地知くんは進路どうするの？」

「大学だよ。一級建築士目指したいから、建築学科がある大学調べてるって言ってた」

ゲームからリアル職業へ興味が結びつくなんて、KENもびっくりするだろう。

「そうなんだぁ。リュートは法応大でしょ？　みんなもう決まってるんだね……すごいな」

山名さんはネイリストの養成学校への進学を希望しているし、黒瀬さんは編集者を目指して大学進学する。確かに、月愛の周りの人たちの進路は着々と固まっている。

「モデルは？　月愛。さっき谷北さんにモデル勧められてたよね」

重くなりがちな空気を軽くしようと、冗談めかして言ってみる。

「うーん」

だが、月愛はいつものようにノッてこない。

「あたしね、アカリみたいにいろいろ考えて服を選んだこと、ないんだ」

ドアの横の手すりに身を預けて、月愛は車窓の向こうに視線を送る。

日曜夕方の街は、日没を迎えて徐々に暗く沈み始めていた。

「インスタで見て『これかわいー!』って買いに行ったり、お店で勧められたのを着て『かわいー!』って買ったり……そんなのばっか」

「それは、月愛がなんでも似合うってことじゃない? モデルに向いてる要素だと思うけど」

月愛は平均身長だけど手足が長くて全身のバランスがいいし、なんといっても可愛《かわい》いから。

「んー。もしそうなら嬉《うれ》しいけど。なんも考えてないってのは事実だから」

月愛は眉根を寄せて、一瞬だけ俺を見る。

「ちょっとくらい可愛くてスタイルがよくても、モデルなんてそんな人たちの集まりでしょ? なんも考えずに、自分をよく見せる努力もしないで、のほほんと生きてきた人間が、いきなりトントン拍子で成功できるとは、さすがのあたしも思えないんだよね」

それを聞いて、月愛が思ったより真剣に「モデル」という職業について検討したのだとわかった。月愛なりに、真面目に進路を考え始めた証拠だろう。

「だったら、もしモデルになれたら、そこから頑張ればいいんじゃないかな？　成功できる方法を考えて、努力して……」

「それは、そうだよね……成功してる人は、みんなそうしてるんだろうし」

俯《うつむ》いて、素直にそう答えた彼女は、そこで少し顔を上げる。

「……問題なのはね、あたしに『頑張ろう』って気持ちがないことだと思う。少なくとも、モデルとか、芸能系では……」

車両の揺れる音が、月愛の声をところどころ消していく。それほど小さな声になっているのだと気づいた。

月愛は車窓から視線を移し、自分のつま先の辺りを見つめて、改めて口を開く。

「小六のときね、卒業文集に『将来の夢』を書くことになったの。あたしは『お嫁さん』って書いた」

小六の頃の月愛の姿を想像しながら、俺は黙って聞いていた。

「クラスの女子の中では、あたしだけが書いた夢だった。先生が、ちょっと困った顔で言ったんだ。『本当にそれでいいの？　宇宙飛行士でも、パン屋さんでも、白河さんは何に

だってなれるのよ。宇宙飛行士になっても、パン屋さんになっても、お嫁さんになることはできるのよ』って。普段はとっても優しい、お姉さんみたいな先生だったんだけど、そのときはなんか怖くて……なんでそんなこと言われるのかもわからなくて、あたし泣いちゃったんだ。宇宙飛行士にもパン屋さんにもなりたくない、あたしがなりたいのはお嫁さんだけだったから」

訥々《とつとつ》と言って、月愛は少し笑みを浮かべた。自嘲のような微笑だった。

「将来の夢が『お嫁さん』って、もう許されない時代なのかもね。でも……あたしにとっては、それが一番だったから」

少し寂しい、月愛の気持ちが伝わってくる。

「新しい夢を探すの、ちょっと時間がかかるかもしれない。でも、あたしなりに、いろいろ考えて、動き始めてるところなの。……頑張ってるリュートに、ふさわしい女の子になりたいから」

伏し目がちに頬を染める彼女が可愛くて、ひとりでに微笑が溢《あふ》れた。

「……月愛は、今のままで……」

言おうとしたことを考え、恥ずかしくなって一旦言葉を呑《の》み込む。

「ん？」

「いや、えっと……今のままでも、月愛は……俺にはもったいないくらいの……彼女、だよ」

なんとか掛け値なしの思いを伝えると、月愛の俯き気味の顔に赤みが増す。

「そうかな」

「……関家さんが言ってたんだけどさ。『とりあえず何者かになってみて、それが合わないと思ったら別の道を探したっていい』って。俺、すごく気が楽になったんだ。最初から天職を見つけようと思わなくていいんだって」

俺の言葉に、月愛は目を輝かせて顔を上げる。

「いいね、それ。さすが、頭いい人はいいこと言うなー」

月愛が心から感心しているのがわかるので、ちょっと妬《や》ける。関家さんと言わずに、俺の手柄にしてしまえばよかったかな、なんてずるい後悔もよぎった。

最近、ちょっと嫉妬深くなっている気がする。前までは、元カレへのモヤモヤはあったものの、こういう類のやきもちはなかった気がする。

理由として思いつくのは、やはり……近頃の触れ合い不足だ。

今日も、月愛と一回も手を繋《つな》いでいない。イッチーや谷北さんがいる前では無理だったけど、二人きりになったのだから少しは……と思いつつ、きっかけを摑《つか》めずにいた。

Ａ駅から月愛の家までの道を歩いているとき、頭の中はもう「手を繋ぐこと」でいっぱいだった。

上野公園でのデートのときみたいだ。

あのときは、ボートの乗降を利用して、手を取ることに成功した。

でも、今の俺は違う。月愛とは何十回も手を繋いできたし、もっと自然に……スマートにできるはずだ。

木造多めの渋い住宅街の景色は、もうすっかり暗がりの中にある。肌寒くなってきたのに乗じて、俺はふと隣の月愛との距離を縮め、その手を取ろうと触れた。

すると……。

「きゃっ！」

大きく身を捩《よじ》って、月愛が飛び退《との》いた。

「びっくりしたぁ」

その顔は、夜道でもわかるほど紅潮している。

「………」

さすがに俺もちょっと自信がなくなってきた。嫌われていないとわかっていても、拒否されたらそれなりに傷つく。

　俺と月愛は、立ち止まって向かい合った。街灯と街灯の中間の、民家しかない、人気も少ない道端で。

「……俺、何かしたかな？　月愛に避けられるようなこと……」

「えっ、あたし避けてなんか……あっ！」

　俺に答えながら、月愛は自分が取った行動に気づいたようにハッとする。

「これは、えっと……なんか恥ずかしくて……」

　ますます頬を赤くして、月愛がつぶやく。

「リュートのこと、好きすぎて……。最近、目も見れなくて……ドキドキしすぎて、死んじゃいそうになる」

　ズキュンと心臓が撃ち抜かれる。

　嬉しいけど。

　それは嬉しいんだけど……でも。

「あの、それって……さ、俺が月愛のことを、エロい目で見てるって言ったこととと……関係ある？」

　月愛は、赤い顔のまま無言で頷《うなず》く。

「なんか、あれからずっと、リュートといると意識しちゃって……恥ずい」

やっぱり、そういうことなのか。

「リュートってセーヨク薄そうだし……最初EDかと思ったし。なのに、あたしで、ごっ、五百回も、してるなんて……」

「その数忘れて！　全然正確じゃないから！」

「……それより少ないの？」

「……かもしれないし……」

「多いかもしれない⁉」

月愛のリアクションがリアクションなので、俺のテンションも高くなる。

「いやっ、わからないんだって！　ほんとに数えてないから！」

「そ、それって、数えきれないくらいしてるってことだよね⁉」

「いやっ、まぁ……それは……」

そうですね……。

「ごめん……エロくて……」

「べ、別に謝ることじゃないけどぉ……嬉しいし」

モジモジしながら月愛が言う。

「でも……恥ずかしいよぉ……」

「だから、手も繋げない？」

「ん……だって……」

月愛はモジモジしながら言う。

「その手で、してるんでしょ……？」

「えっ⁉　ええっ⁉」

思わず、両手を背中に隠してしまった。

「じゃっ、じゃあ、今度から左手で繋ぐ？」

「えっ……それって、み、右手でしてるってこと？」

「うぇっ⁉　う、うん……右利《き》きだから……」

うおおおおお——なんだこの会話は！

話せば話すほど、死ぬほど恥ずかしい！

「やだ、恥ずぅ……もーリュートのどこ見ていいかわかんない……」

俺の言ったことは逆効果のようで、月愛はますます顔を赤らめて、手を繋ぐなんてもってのほかみたいな空気になってしまった。

「…………」

しばらく恥ずかしさと後悔で固まっていた俺は、ふと深呼吸して、落ち着きを取り戻そうとする。

ここは表通りではないので、駅の方からたまに人が歩いてくるだけで、辺りは静かだ。ブロック塀の向こうから流れてくる味噌汁《みそしる》の香りが、どこかなつかしくて、郷愁を刺激される。

少しだけ、冷静さが戻ってきた。

「……えっと、その、さ……その月愛の恥ずかしさって……時間が経《た》てば、解決する問題？」

俺が尋ねると、月愛はおずおず頷く。

「た、たぶん……。リュートともっと一緒にいたら、平気になってくる気がする」

「じゃあ……会おうよ、もっと」

もどかしくて、なんとかしたくて、俺は咳《せ》き込むように言っていた。

「あの……明日《あした》は？　予定あるかな……？」

木曜までテスト休みだから、友達との予定でもなければ月愛は空いているはずだ。

「あー……」

ところが、月愛は宙をにらんで、ばつの悪そうな顔をする。

「明日はちょっとムリなんだ、ごめん……」

「そうなんだ。山名さん？」

「えっ？　ううん……」

「美容院？」

「ううん」

月愛に入りがちな予定を挙げてみるが、彼女は首を振るばかりだ。

「そっか。……じゃあ火曜日は？」

「えっと……火曜も、ちょっと用事あって」

「あ、そうなんだ。じゃあ……水曜……」

「も、ダメなんだ……」

「そ、そうか……。もしかして、全部同じ予定？」

「……う、うん……」

月愛はそれしか言わないので、その予定がなんなのかはわからない。これ以上問いを重ねると、彼女のすべてを掌握したい束縛男みたいになってしまうので、少し気になるけど諦めるしかなかった。

「……じゃあ、木曜は？」

「……ごめん……」

「金曜……は、学校で、土曜は俺が予備校だから……日曜日は？」

もはやダメ元だったが、月愛はそこでハッとした顔になる。

「あっ、日曜……は、三時からならへーキ」

「えっ、ほんと？　じゃあ遊ぼう」

途端に、嬉《うれ》しくなって声が弾んだ。

「っていうか、ホワイトデーだよね。どこ行きたい？」

もしかして、ホワイトデーだから半日空けておいてくれたのかなと思うと、余計に愛《いと》おしくなる。

「うーん……映画とか？」

少し悩んだ様子で、月愛が答える。

「映画？」

意外な答えに、訊《き》き返してしまった。

というのも。

付き合いたての月愛に、初デートで行きたい場所を訊かれたとき。

——初デー……トだし、映画とか？

――ふーん？　そんなとこでいいの？　なんか見たい映画あるとか？　リュートって映画好きなの？

と詰められたことがあった。

月愛は映画にそれほど興味がなさそうだし、見たい作品はお父さんが契約している動画配信チャンネルで見ていると言っていた。

その月愛が「映画に行きたい」と言うのだから。

「見たい映画があるの？」

当然、そう訊くだろう。

だが、月愛は面食らった顔になる。

「う、うーん……そもそも今なにやってんだろ？　あとで調べるね……」

「………」

ないんかい！

思わず、関西芸人のツッコミが脳内に降臨してしまった。

まあでも、月愛とデートできるのは素直に嬉しいし、映画に行くことにも異存はないので、場所などのおおまかな相談をして、今日は別れることにした。

「……バイバイ、リュート」

自宅の玄関前で手を振る月愛が、そこでふと、何か思いついたように視線を宙に投げかける。

かと思うと、タッタッタッとこちらに走り寄ってきて、門の外にいる俺の目の前に立った。

「……？　月愛……」

なんだろうと思って、声をかけたときだった。

目の前の月愛が、両手を差し出して……。

「……!?」

俺にそっと、抱きついてきた。

あまり密着しないよう、おそるおそる、ふわっと両手を巻きつけてくるスタイルは、まるで畏《かしこ》みながら御神木に抱きついているような格好だけれども。

「さっきは、ごめんね……？」

その赤い顔を見れば、月愛がどれほどの勇気を出して、この行為に及んだかがわかる。

「ちゃんとあたし、リュートのこと、好きだから……待ってて」

震えがちな声で、そう言った途端。

月愛の瞳から、煌《きら》めくものがこぼれ落ちた。

「どっ、どうしたの⁉」

なんの涙かわからず、びっくりして自ら身体《からだ》を離す俺を見ながら、月愛も驚いた顔をしている。

「わかんない……」

指先で涙を拭って、首を傾《かし》げる。

「リュートに『好き』って言ったら、勝手に涙が出てきちゃった……あ、また……」

次々に溢《あふ》れてくる涙を払い、月愛は少しおかしそうに笑う。

「恋愛ソングであるよね。ほんとにそうなるんだ……想《おも》いを伝えただけで、泣けてきちゃうとか……」

洟《はな》を啜《すす》って、月愛は再び微笑した。

ほんのり赤らんだ目の縁が色っぽい。家の外灯のオレンジめいた光の下でも、月愛はとびきり綺麗《きれい》だった。

満たされた気持ちになって、俺は彼女に手を振る。そうしないと、両手を伸ばして抱きしめてしまいそうだった。

「……日曜……楽しみにしてるね」

微笑《ほほえ》んで伝えると、月愛も潤んだ目を細めて俺を見つめる。

「あたしも……」

ああ、本当に好きだ。

今までだって、これ以上ないほど好きだったのに。

俺はまだ、さらに月愛を好きになれるみたいだ。

愛してる、なんて、自分は一生口にすることのない言葉だと思ってたけど。

それを言う男たちの気持ちが、少しわかった気がした。

天を仰ぐと、曇りがちで白く霞《かす》んだ夜空に、月の姿はない。

「……月が綺麗だね」

それでも、敢《あ》えてそう言った。

「えっ、どこ？　わかんない」

空を見上げた月愛が、不思議そうに目を凝らす。

「……ここ」

そんな月愛を指差すと、月愛は「あっ」と気づいたように笑った。

「月って、あたし？　リュートって、そういうこと言うんだぁ」

頬を染めて、月愛は照れ臭そうに微笑む。

「じゃあ、行くね」

「うん、バイバイ。気をつけて」

お互い軽く手を振って、俺は一人夜道を歩き出す。

足元を照らすのは月明かりではなく、街灯の光だったけれども。

俺の心は、満月のように満たされていた。

第二・五章　ルナとニコルの長電話

「……ちょっと、なんなのよ。鬼着歴残してきてるから、バイト上がりにソッコーかけたのに、ずっとため息ばっかついてて」

「はぁ〜〜ニコル〜〜」

「だから何⁉」

「今めっちゃ悩んでるんだけど」

「何を？」

「最近、あたし、リュートといると変なのって、言ったじゃん？」

「あ？　どんなふうにだっけ？」

「ドキドキしすぎちゃって、目も見れなくて、手も繋《つな》げなくなっちゃって……」

「ああ。恋だね。で？」

「ニコルも、センパイに片想《かたおも》いしてる時はそうだったでしょ⁉　なんで普通に手繋いだりできるようになったの⁉」

「はぁ〜？」

「マジで困ってるから教えて！　今のままだと、リュートのことも傷つけちゃってるし」

「………………」

「お願い！　教えて、ニコル様〜〜！」

「……プッ！」

「な、なに？　笑ったの、ニコル？　あたしちょーマジなんですけど！」

「ふふふ、いやあんた、今さら中学生みたいなこと言うから。経験値と恋愛スキルが合ってないよ」

「だって……」

「まぁ、恋するのは初めてだもんね。わかるよ」

「じゃあ……」

「マジレスするとね、恥ずかしいよ、最初は。でも、それをぐっとこらえて、触れ合ってみ？　『ドキドキ』が『ムラムラ』に変わるから」

「えっ⁉」

「エロいことしたくなるよ。手繋いでるだけで」

「ええっ⁉　マ、マジ？」

「うん。だから頑張って」

「……やっぱムリかも」

「なんでよ？」

「だって、そしたらエッチする流れになっちゃうじゃん！」

「え？　したくないの？」

「そうじゃなくて……ニコルにも言ってなかったけど……あたし、実は……たぶん、かなりマグロで」

「えっ、マグロ……って、そういう意味で？」

「うん……。だから、元カレたちもつまんなくて、他の子に乗り換えられたのかなって、今考えたら思う」

「……そんなに経験してんのに、なんでマグロになっちゃったのよ？」

「だって、あたしはエロい気持ちにならなかったし、相手とテンションが合わなくて」

「……確かにルナ、そーゆー欲は薄めだもんね。一人でしたこともないんでしょ？」

「うん……。だけど、最近ね……」

「してんの？」

「してみたい気になるときがある……リュートのこと考えてると」

「じゃあ、なんとかなるんじゃないの？　そーゆー気持ちがあるなら。いざとなったら、今までとは違うふうになれるよ」

「え〜でもさぁ……」

「何？」

「たぶんリュートはさ、あたしがいろんな男の子と経験してるから、めっちゃテクニシャンだと思って、期待してると思うわけ。伊地知《いじち》くんも言ってたもん。『童貞は経験豊富な女子にリードされたい』って。アカリにガチギレされてたけど」

「あー、あの子、未経験だもんね」

「やっぱそう？」

「そうでしょ。同類はわかるよ。ユナが彼氏との話するときとか、めっちゃ目泳いでんじゃん」

「そうなんだ。今度見てみよ」

「で、なんの話だっけ？」

「リュートは初めてだから、あたしにリードされたいと思ってるかなって……。このままのあたしじゃ、リュートをガッカリさせちゃうよぉ〜！」

「はぁ……」

「どぉしたらいいと思う⁉　ニコル～」

「あんた、あたしの経験値わかってて訊《き》いてる？」

「でも、ニコルいろんなことめっちゃ知ってるじゃん！　なんかない⁉」

「……オロ●ミンCの瓶をくわえて練習したって、中学んときの友達が言ってたけど」

「なにそれ～⁉　なんの⁉」

「今まだ外だって言ってんでしょ！　これ以上言わせないでよ」

「まぁわかるけど～！　そんなことで、ほんとに脱マグロできる⁉　飛び魚⁉　飛び魚になれる⁉　あたし⁉」

「知らん知らん！　あたしはなーんも知らん！」

「そんなこと言わずに～……」

「……てかさ、そんな考えすぎなくてもいいんじゃないの？　別にマグロだって、食べたら美味《おい》しいし」

「ほんとのマグロはそーだけど！　あたしは自信ないよ～！」

「……仁志名蓮《にしなれん》が言ってたんだけどさ」

「え？」

「カシマリュートって、中学の頃からファンだったらしいよ。KEN？　だっけ？　なんかゲームのYouTuberの」

「ああ……うん、聞いた気がする」

「すごくない？　二年も三年も、おんなじ趣味続けてんだよ。あんたの元カレで、他にそんなやついた？」

「うーん……。同じ部活続けてる人ならいたかも」

「部活は外圧があるから、また別ね。誰にも強制されない、ただの趣味を何年も続けられる人って、気が長いと思うんだよね」

「それはそーかも」

「だから、ルナがちょっとマグロでも、それくらいで冷めたりはしないと思うよ」

「そうは思うけど、ちょっとでもガッカリさせたくないっていうか……」

「しないよ。あたしが言うんだから、信じな」

「……そういえば、ニコルもネイルの趣味長いよね。中学からでしょ？」

「そそ。んで、同じ相手を思い続けるしつこさも知ってるでしょ。『付き合ったきり、ほぼ会えない男のどこがいいんだよ』って、仁志名蓮にはチクチク言われるけど」

「そっかぁ……ふふ」

「ん？　何よ？」

「んーん。最近、ニコルから仁志名くんの名前聞くこと増えたなぁって思って」

「だから何？」

「別に～。仲良いんだなって」

「友達だよ。あたしにはセンパイがいるんだから。もうすぐ受験も終わるし」

「でも、ニコルが男の子と個人的に仲良くなるなんて珍しいじゃん？」

「そりゃ、今までの男友達って、圧倒的にルナ目当てのやつが多かったからね。ルナと仲良くなるために、とりあえずコイツを押さえとこう的な？」

「え、そうだった？」

「そーよ。そういうやつらは最近めっきり寄ってこなくなって、せいせいしてるわ。あんなヤツらと個人的に仲良くなる必要なんてなかったし、去る者は追わず、よ」

「ニコルらしいね」

「……蓮は、ちゃんとあたしを見てくれてるから」

「え待って、ニコル、仁志名くんのこと下の名前で呼んでるの⁉」

「は？　別にフツーじゃん。フルネーム長いし。シューヤもカイセイもみんな下の名前で呼んでるじゃん。あいつらルナ目当てだったから、もう全然連絡来ないけど」

「じゃあ、今、ニコルの男友達って仁志名くんだけなんだ」

「ルナだってそんなもんでしょ？　男のいるグループLINE最近全然動いてないじゃん」

「夏休み明けくらいからねー、みんな連絡くれなくなったよね。あたしにはリュートがいるし、別にそれでいーけど、友達だと思ってたのはあたしだけだったのかなぁって思ったら、ちょっと寂しいよね」

「まー男なんてそんなもんでしょ。付き合えない、ヤレない女に連絡なんかしないって」

「んー？　それ言ったら、仁志名くんはどうなの？」

「何が？」

「ニコルに気があるから連絡してくるんでしょ？　それってほんとに『友達』なの？」

「…………」

「あ、黙った」

「……『友達』だって、思い込みたいのかも。あたし、ずるいよね」

「ニコル……」

「カシマリュートは、あんたの妹と友達をやめたんでしょ？　すごいよね。あたしにはできない。……あたしは、今のこの状態では、センパイにそこまでの操《みさお》は立てられない」

「うん。いいと思うよ。ごめん、意地悪なこと言って……。ただでさえ今つらい時期なのに、男友達までいなくなっちゃったら、ニコルがつらすぎるよ」

「……もうすぐだから。センパイ、三月中旬には結果出るって言ってたし。センパイの受験が終わったら、蓮には悪いけど、彼氏以外にかまってるヒマなんてなくなるからね」

「そうだね。早くそうなるといいね。仁志名くんはかわいそうだけど」

「だいじょぶっしょ。あいつ、いいやつだし。すぐ他にいい人見つかるよ」

「そっか。ならみんなハッピーだね！」

わざとはしゃいだような声を上げて、月愛はふと机の上に目を留める。乱雑に置かれた教科書類の一番上に置かれていた英文法のテキストを見て、わずかに表情を曇らせてから、頭の中のイヤな考えを追い払うかのように、ブンブンと首を振った。

第二章

「オロ●ミンC飲んでるの？　珍しいね、栄養ドリンクなんて」

金曜日の終業式の日、月愛《るな》の机に見覚えのある茶色い瓶を発見した俺は、思わず声をかけた。

講堂での全体の式が終わり、教室に帰ってきて、クラス内がなんとなくざわざわしている時間のことだった。

「えっ⁉　そ、そうかな？」

月愛はなぜか動揺している。俺への恥ずかしさは、今日も続いているみたいだ……。

「ほ、ほら、テスト返ってくるじゃん？　気合い入れようと思って」

そう言うと、月愛は瓶を手に取り、底に残っていた分を一気に飲み干す。

「返却で気合い入れる人って、あんまりいないと思うよ。テストのときならともかく」

おかしくなって笑いながら言うと、月愛は恥ずかしそうに赤くなる。

「そ、そうかな？　あたしはバリバリ返却派なんだよね！……！」

そのとき、こちらをうかがって、月愛に話しかけたそうにしている陽キャ女子二人組に気づいたので、俺は自分の席に向かうことにする。

「今日、一緒に帰れるかな？」

去り際に一応訊いてみると、月愛は困った顔になる。

「えーっと、ごめん……」

やはりそうか。日曜日に会えるから、とりあえずそれで満足しよう。

「わかった。貸して」

月愛に向かって手を伸ばすと、月愛はきょとんとした顔をする。

「え？」

「瓶。通り道だから、ゴミ箱に捨てといてあげるよ。飲み終わったんでしょ？」

「えっ、ダッ……ダメッ！」

月愛は急に、オロ●ミンCの空き瓶を大事そうに胸に抱える。

「えっ？」

「も、持ち帰んなきゃいけなくて……」

「空き瓶を？　何かに使うの？」

「つ、使……っ！」

そこで月愛が爆発したように赤くなる。

そんなに瓶の二次使用がバレたのが恥ずかしいのかと、先回りしてフォローの言葉を探す。

「あ、一輪挿しとか？　おばあちゃんちで見たことあるけど、いいよね。ラベル取ったら生活感ないし」

すると、月愛は幾分落ち着きを取り戻す。

「う、うん……そうなんだ。じゃあ、洗ってくるねっ！」

確かに、持ち帰るなら鞄《かばん》がベタベタにならないよう洗った方がいい。

月愛が瓶を持って廊下へ小走りに向かって、話しかけるタイミングをうかがっていた陽キャ女子たちが追いかける。

そうして俺は一人になり、席に着こうとしたときだった。

「ねぇ、加島《かしま》くん！」

目の前に谷北《たにきた》さんが現れて、話しかけてきた。

その顔は、いつになく険しい。

「……ど、どうしたの？　谷北さん」

彼女がこの感じでやってくるのは、以前の「パパ活疑惑」のとき以来だ……と思っていると、谷北さんは廊下の方を見て、声を潜める。

「……あのね。ルナち、今度こそ浮気《うわき》してるかもしれない」

案の定なことを言って、彼女は俺を手招きする。

「ベランダ行こ。聞かれちゃうから」

「わ、わかったけど……」

そうしてベランダに出ると、谷北さんは再び辺りをキョロキョロする。晴れてはいたが三月半ばの屋外はまだ肌寒いので、他のクラスを含めて、こんな中途半端《ちゅうとはんぱ》な時間にベランダにいる生徒は見当たらなかった。

「ルナち、なんか最近おかしくない？」

その言葉には、少しドキッとした。

浮気云々《うんぬん》はどうせまた谷北さんの勘違いだろうと思うけど、月愛の様子が変なのは気になっていたことだ。テスト休みが何かの用事でほぼ埋まっていたり、さっきのオロ●ミンCの瓶についての挙動不審さもそうだし……。

「……谷北さん、何か知ってるの？」

俺の問いに、谷北さんは思いきり首を横に振った。

「なんにも知らない！　だから、ルナちを尾行しようと思うの！」

「えっ、ええ⁉」

　思ってたのと違う展開だ。

「加島くんも一緒に来てよ！　もしこれで浮気の証拠を見つけちゃったとしても、うちが言ったんじゃ加島くん信じないでしょ？」

「えっ……」

「だって、パパ活のときも信じてくれなかったじゃん！　まぁ、あれは勘違いだったからよかったんだけど」

　ぶつぶつと小声で言って、谷北さんは俺を見る。

「行くのかい、行かないのかい、どっちなんだい⁉」

「えっ？」

「パワ────ッ！」

　謎の恫喝《どうかつ》を受けて、気がついたら俺は、今日の放課後、愛する彼女である月愛を尾行する運びとなっていたのだった。

◇

「ひどいんだよ、ルナち。最近めっちゃ付き合い悪いの。この前、渋谷行ったとき、ルナちがコスプレ衣装着てくれるって言ったじゃん？　だから、早速友達から、うちが作ったコスプレ衣装借りたわけ。なのに、『いつ空いてる？』ってLINEしても『修学旅行前は空いてない～ごめん』って。ひどくない？　しかも『何かあるの？』って訊《き》いても『え～いろいろ！』とか言ってさ。なんか前も言ったかもだけど、ルナちってうちに大事なこと全然言ってくれないんだよね。マリめろが転校してきたときも、ニコるんは最初から妹って知ってたっぽいし、加島くんと付き合ってることも最初から知ってたっぽいし。うちが知ったのって、全部クラス中が知ったのと同じタイミングじゃん？　ニコるんが親友なのは認めるけど、うちだって、ぶっちゃけニコるんの次か、その次くらいには仲良いやんな？　てか、うちはそう思ってるわけ。なのに、こーゆー仕打ち？　ひどくない？　彼氏としてそこんとこどう思う？　加島くん？」

学校から駅までの帰り道、谷北さんは俺に怒濤《どとう》の勢いで月愛への文句を垂れ続けている。

「な、なんかごめんね……」

「は？　別に加島くんに謝ってもらいたいわけじゃないんだよね。彼氏は保護者じゃないし。保護者に謝られても微妙なんだけど。そうじゃなくて、ルナちのそういうとこ、彼氏としてどう思ってんのって話」

「どうって……」

月愛は確かに、俺の目から見ると軽率と思える行動を取るときがあるけれど、そこに彼女なりの行動原理があるのはわかる。それに、月愛が谷北さんを大切な友人と思っているのもわかるから、大事なことを秘密にしたからといって、彼女を蔑《ないがし》ろにしているとは思わないし、俺に対して何か秘密にしていても、それが不貞行為の類ではないと思えるくらいには信頼関係を育んできた。

でも、そんなことを谷北さんに言ったところで、彼女が欲しい答えではないだろう。

「どうだろうね……。俺には、月愛と谷北さんの関係はわからないし……」

「は？　じゃあ、うちが嘘《うそ》ついてると思ってるってこと？」

「い、いや、そうじゃないけど、月愛の言い分も聞いてみないと、本当のことはわからないっていうか……」

「訊いても教えてくれないから尾行してるんじゃん。それに、妹が転校してきたとか、彼氏ができたとかは、向こうから言ってくんなきゃわかんないし」

「……そ、そうだね……」

「そこまで理解してて、そのリアクションなの？　加島くんって、ほんと事なかれ主義だね」

「……っ」

っ、疲れる……！

こんな子がもし彼女だったら、何かトラブルでもあったときにはめちゃくちゃ罵られるのでは……と、この先上手《うま》くいくかどうかわからないけど、勝手にイッチーのことが心配になる。

というか、月愛はもしかしたら、谷北さんのこの多弁を警戒して、大事なことを秘密にしているのではないだろうか。

だんだん、そんなふうに思えてきた。

肝心の月愛だが、彼女は俺の視力でギリギリ捉えられるくらいの先を一人で歩いている。

尾行というからには、もっと電柱の陰に身を潜めたりして進まなければならないかと思ったが、月愛は後ろを振り返る様子など微塵《みじん》もなく、急ぎ足でずんずん進んでいくので、谷北さんと俺は、後方を普通に歩いているだけだ。

「だけど谷北さん、尾行なんて本当に……」

「あ、ルナち駅着いた。今来る電車乗るよね、加島くん、走って！」

「えっ⁉」

月愛の姿が改札に消えると、谷北さんが急に走り出した。

前を走る小さな後ろ姿を追いかけながら、俺はもう一度、彼女の将来できるかもしれない彼氏に同情した。

◇

走った甲斐《かい》があって、俺たちは無事、月愛と同じ電車に乗ることができた。いつもと同じ、彼女の自宅があるA駅方面の電車だ。

ところが。

「……降りないね」

A駅に着いても、月愛は降車しなかった。

谷北さんと俺は、隣の車両の一番端のドア付近から、それを確認した。

どこまで行くのかと思っていると、彼女は、次の駅……俺の自宅の最寄りであるK駅で、あっさり降りた。

「ルナち、K駅に用事なんてあるのかな？」

「さぁ……俺に会いに来るわけじゃなさそうだし……」

「あ、加島くんここなんだ」

そんな話をしながら、階段を上って、改札を出る月愛を追いかける。

「家《うち》の方向だ……」

改札を出て右に曲がり、ロータリーのデッキを下りて駅前商店街に進む月愛を見て、俺はつぶやいた。

月愛は迷いない足取りで、俺のよく知る道をずんずん進んでいく。

そして、とある場所で立ち止まった。

それは、白い瀟洒《しょうしゃ》な外観のお店だった。ヨーロッパ風の外看板に、筆記体で「パティスリー・シャンドフルール」と書いてあるのは、店名を知らなければ読めないだろう。

「ここって……」

——リュートのお母さんがいつも出してくれるケーキ、美味《おい》しかったな。

月愛がそう言っていた、うちの近所のケーキ屋さんだ。

月愛は扉を開けて中に入っていく。ガラス越しに目で追っていると、彼女は「STAFF」と書かれた扉を開けて、姿を消してしまった。

「………………」

横の谷北さんの顔を見ると、彼女はぽかんと口を開けていた。

「……なぁんだ」

そこから脱力したような声が漏れる。

「バイト始めたなら、そう言ってくれればよかったのに！　ルナちってば！」

ちょっと憤慨した表情になったものの、すぐ憑《つ》き物《もの》が落ちたようにさっぱりした顔になった谷北さんは、

「じゃあ、うち帰るね。あ、駅前にメイトあったから寄ってこーっと！」

そう言うと、俺を残して、その場から風のように立ち去っていった。

「え、あ……」

挨拶するのも間に合わず、俺は一人茫然《ぼうぜん》と立ち尽くす。

またしても振り回されて終わった……。まぁ、普通に帰り道を辿《たど》ってきただけだと思えば、いいんだけど。

「…………」

それにしても……あの月愛が、バイトを始めていたとは。

しかも俺の地元で。

どう考えてもそういうことなのだけど、にわかには信じられずに、店の傍《そば》にしばらくぼうっと突っ立っていた。

すると、店の横にあるドアが開いて、中から月愛が現れた。

店の隣は月極《つきぎめ》の駐車場になっていて、脇の従業員用出入口は、そこに面している。駐車場寄りに立っていた俺は、驚いて店のガラス張りの壁に身を寄せた。

「あーもしもし、ニコル？」

月愛はスマホで通話を開始したようだ。相手はもちろん山名《やまな》さんだろう。

月愛がこちらを見ていない隙に、駐車場の看板の陰へ移動してしゃがんだ。家の方向は駐車場の方だし、月愛が引っ込んでから帰った方がいいと思ったのだ。

谷北さんに無理矢理に連れてこられたとはいえ尾行してしまった負い目があるし、どんな理由かわからないが月愛が俺にバイトを内緒にしたかったのなら、鉢合わせない方がいいと判断してのことだ。

「うん、へーキへーキ。ニコルもバイトまだでしょ？　ちょっと話そーよ。……そそ、学校のみんなに見られたくなくてマッハで来たから、シフト時間よりめっちゃ早く着いちゃって。早めに入っていいか訊いたら『時間まで休んでな』って言ってもらったから」

月愛のよく通る明るい声は、耳を澄まさずともはっきりと聞こえてくる。

「だねー。でも、来週修学旅行で全然シフト入れないじゃん？　始めてすぐにそれって申し訳ないし、その分まで今週働かないと」

どうやら、今週の月愛の予定に空きがなかったのは、そういうことらしい。

「全然だいじょぶっ！　だって、リュートにステキな誕生日プレゼント買いたいもん！」

それを聞いて、ハッとした。

誕生日……確かに、俺の誕生日は今月末だ。テストとかホワイトデーとか修学旅行とか、イベントがたくさんあって忘れていたが、以前どこかで月愛に話したことがあったのを覚えていてくれたのだろう。

「リュート、驚くだろうな〜！　楽しみっ！　あたしがバイトしてることもまだ知らないから、絶対そんないいプレゼントもらえると思ってないと思うの」

思わず、看板から顔を出した。

「リュート、喜んでくれるかなぁ……」

月愛は頬を染め、幸せそうに微笑《ほほえ》んでいる。

俺の喜ぶ姿を想像して、そんな顔をしてくれているのだろうか。そう思ったら、たまらなく愛《いと》おしい。

「あっ、マジ？　うん、あたしも戻ってお昼食べよーかな。ケーキの切れ端あるって先輩が言ってたし。じゃーね！」

そこで、月愛は慌ただしく言って、スマホをタップした。山名さんとの通話が終わったのだろう。

そうして、月愛は再び店に入る。

月愛が消えたあとの従業員用ドアを見つめて、俺はしばらく感慨に耽《ふけ》っていた。

月愛がバイトを始めた。

バイト代で、俺にサプライズ誕生日プレゼントを用意してくれるために、そのことを秘密にしていた。

それがわかった今、ここ最近のちょっとしたモヤモヤが、パズルのピースをはめるように、あるべき場所へ収まって落ち着く。

「……そういうことだったのか」

自然と笑みが溢《あふ》れてきた。

本当は働いている月愛も見たかったけど、店の外をうろついて店内を凝視していたら、月愛に気づかれなくても最悪通報されかねないので、諦めることにした。

月愛が可愛《かわい》い。

本当に、大好きだ。

午前下校で腹ペコだけど、いつもの家路を辿る足取りは軽い。

うららかな三月の真昼の日差しの下、俺は幸せな気持ちで帰宅した。

「……ん？　で、オロ●ミンCの瓶は、結局なんだったんだ？　バイトでは使わないよな？」

それだけが、未《いま》だ残る謎だった。

◇

そして、日曜日のホワイトデー。

十五時過ぎ、俺は地元のショッピングモールで月愛と待ち合わせをしていた。最上階のシネコンで映画を見るためだ。

「お待たせ、リュート……」

シネコンの入口に現れた月愛は、頬を染めてはにかんでいた。

――お待たせ、リュートー！

いつもの月愛だったら、元気に駆け寄ってきて特大の笑顔を見せてくれるところだけど、その違和感は二の次で。

なんといっても、今日一番違っていたのは。

「……その服、この前買ったやつ？」

月愛は、フリルとリボンのついた白いブラウスに、同じくヒラヒラしたデザインのピンクのミニスカートを穿《は》いていた。なんていうブランドかはもう忘れてしまったけど、渋谷で谷北さんにコーディネートしてもらったものだ。

「う、うん……。変じゃない？」

「うん……似合ってるよ」

正直、洋服のテイストから浮世離れ感というか、コスプレ感が出てしまっているので、月愛に注がれる周囲の視線が、いつもと違って好奇の目に近いような気がしてしまうけど、似合っていることは間違いない。それだけに、プロのコスプレイヤーのコスプレのような、確立した世界観を醸《かも》し出《だ》している。

「ど、どう思う？」

すでに「似合ってる」と答えたのに、月愛は俺をちらちら見て、もじもじしている。

これは……もしかして、言われたい言葉があるのか……？

だとしたら……。

「……か、可愛いよ」

恥ずかしくて、ちょっと小声になってしまった。だって、こんな個性派オシャレギャルの彼氏が、無難な服装のモブ顔陰キャ男だなんて、周りの目が気になってイチャイチャで

きない。

だが、俺の言葉を聞いた月愛は、パッと瞳を輝かせる。

「ふふ……嬉《うれ》しい。リュートにそう言ってもらいたくて、これ買ったんだぁ」

「えっ」

「リュート、こういうの好きでしょ？」

慣れない格好に恥じらう様子の月愛が可愛くて、返事も忘れて見惚《みと》れてしまう。

「……あとね」

顔の横の髪の毛を弄びながら、月愛はモジモジと言う。

「あたし、中二のときからずっと髪染めてるんだけど……黒に戻そうかなって、最近ちょっと考えてる」

その言葉に、俺は我に返った。

「……ど、どうしたの、月愛？」

あんなに「ギャル」に誇りを持っていた月愛が、自慢の髪色を黒に戻すって？

にわかに信じられなくて、月愛の顔をまじまじと見てしまったが、月愛は恥じらうように目を伏せる。

「……だって、リュートに、もっともっと、あたしを好きになってもらいたいんだもん……。リュート好みの女の子になりたい」

「月愛……」

ものすごく嬉しい。

抱きしめたい。

俺はめちゃくちゃ幸せ者だ……。

そう思う一方で。

心のどこかに、困惑する気持ちも芽生えた。

「……もうとっくに……大好きだから、無理しなくてもいいよ」

でも、一生懸命に俺への気持ちを伝えてくれる月愛が、可愛すぎて。

このときの俺は、それしか言えなかった。


月愛が選んだ映画は、ラブコメの洋画だった。仕事を通して知り合った、正反対の性格の男女が、ぶつかり合いながら徐々に近づき、ある大きなトラブルを一緒に解決する中で、お互いが実はベストパートナーだったことに気づき、カップルになるという筋書きだ。

入ったのはそれほど大きくないシアターで、埋まっていた客席も三割くらいだった。視界に人はいるけど、前後左右は空席で、ゆったり映画を見るにはちょうどいい。

月愛と俺はポップコーンをシェアして、二人の間のドリンクホルダーに差して食べていた。映画を見ながら惰性でポップコーンを口に運んでいると、ポップコーンを取る月愛の手と触れることがあった。

あっ、と心の中で思うものの、彼女に対してそれくらいで謝るのも変なので、無言で月愛の様子をうかがう。

「…………」

暗闇の中、映画の光に照らされて、月愛の目が輝いている。それは俺を見つめて、恥ずかしげに潤んでいるように見えた。

最近の月愛なら、これくらいで恥ずかしがるのも仕方ない。そう思って、映画に集中しようとしていたときだった。

ことん、と肩に触れるものがある。何かと思って見てみると……。

「……!?」

月愛の頭が、俺の肩に乗っていた。

なんでだ……!? あんなに恥ずかしがっていたのに……!?

一度そう考えると、ドキドキして左肩に意識を持っていかれてしまう。

フローラルだかフルーティだかな香りが濃くなって、気にしないようにしても月愛を近

くに感じてしまう。なんとか映画への集中力を保とうと努力するけど、久しぶりに感じる月愛の温《ぬく》もりに全神経が持っていかれて、ドキドキが止まらない。

月愛は、それからずっと俺に寄り添っていた。

映画のラストで、カップルになった主役の二人がロマンチックなキスをするシーンで、思わず意識してしまって、軽く座り直すと。

俺の肩から頭を浮かした月愛が、そのまま俺の方を見る。

その瞳は、何かを期待しているように揺れていた。

「……………」

そんなまさか……。

キス、していいのか？

暗いとはいえ、人の目がある映画館で……。

胸を高鳴らせ、おそるおそる顔を近づけようとしたとき。

ダ――――ン！

爆音のメロディが館内に響いて、思わず固まった。本編が終わって、エンドロールが始まったようだ。

「………」

月愛を見ると、彼女も驚いた顔をしている。俺と目が合うと、苦笑めいた微笑を見せた。

キスはできなかったけど、月愛の笑顔を見たら不思議と満たされて、俺はあたたかい気持ちでシアターを後にした。


シネコンを出た俺たちは、ショッピングモール内をブラブラしてから、一階のフードコートで夕飯にした。

三階までの吹き抜けの天井の下で、ウッドデッキに並んだテーブルで食べるご飯は、ちょっとだけ特別な感じだ。

うどんやラーメン、ハンバーガーなど、いろいろなメニューが選べるが、俺は月愛と一緒にハンバーグを注文した。ライスとスープのセットをつけて、少しだけ贅沢《ぜいたく》なディナーを、二人で楽しんでいたときのことだった。

「あれぇー？　白河《しらかわ》さん!?」

一人の女性が、俺たちのテーブルに近づいてきて、月愛に声をかけた。

「あっ、こんばんは！」

月愛が慌ててフォークを置く。

うちの高校の生徒かなと思って見たが、俺が知らない人だった。少し年上に見えるし、中学の同級生とかでもなさそうだ。学生にも社会人にも見える、今どきのオシャレな若い女の人だ。

「もしかして、彼氏とデート？」

「あ、はい……」

「確かに優しそうー！」

女性はテンション高く手を叩《たた》く。

俺は食事を中断し、ただ固まっているしかない。

「白河さん、今日もいたよね？　今週ずっと入ってなかった？　始めたばっかかなのにマジえらいよね」

「あっ、それは、えっと……」

月愛が慌てて俺を見る。

その様子を見て、ピンときた。きっとこの女性は、月愛が働くケーキ屋さん、シャンドフルールの関係者だ。バイトの先輩とかだろう。

彼氏がいることを話すくらいの親しさではあるが、サプライズのためにバイトのことを秘密にしていることまでは言っていない、というくらいの仲か。

「あっ、デート中ごめんね。彼氏さんも。明日《あした》は入ってる？」

「いえ、今週は……」

「あ、そっか、修学旅行だっけ？　じゃあ、また来週ね～！」

月愛が会話に乗り気でないのを察したのか、女性は早々に退散していった。

「………」

月愛は俺をちらちら見て、気まずそうな顔をする。「なんて言おう……」という焦《あせ》りが見て取れた。

「……今の、誰？」

もうほとんどわかってしまっていたが、一応訊《き》いておかないと不自然だろう。

「え、えっと……」

困った顔で目を逸《そ》らした月愛は、

「……わ、わかんない……」

とつぶやいた。

「わかんない!?」

月愛が嘘《うそ》をつくのが下手なのはわかっているが、そりゃないだろーと思って強めにツッコんでしまった。

普通に会話して、相手から「白河さん」ってガッツリ呼ばれていたのに。

というか、バイト先の徒歩圏内にあるショッピングモールでのデートなのだから、こんな事態が起こるのは充分想定できたわけで、それでも何も言い訳を考えていなかったというのが月愛らしい。

「……人違いってことかな？　まぁ、不思議な偶然ってあるよね」

困っている月愛がかわいそうなので助け船を出してあげると、月愛はほっとしたように頷《うなず》く。

「そ、そうなの。なんだろね」

それでもまだ気まずそうにしている月愛を見て、話題を変えようと、俺は鞄《かばん》に入っていたものを取り出した。

「これ、ホワイトデーのプレゼント」

それは、小ぶりな花束だった。見えると恥ずかしいから多少無理にリュックに入れてしまったので、ちょっとくたっとしている花もあるけど。お店の人に、月愛の写真を見せて作ってもらったものだから、センスは悪くないはずだ。

一人で花を買うなんて、生まれて初めてで、無性に恥ずかしかったけど。

「お花……」

月愛は、受け取った花束を見つめて、ぼんやりとつぶやく。そこで、俺はハッとした。

「あっ、ごめん、やっぱお菓子のがよかった⁉　そう思って、チョコも用意したんだけど」

続けて出したのは、茶色い光沢のある紙袋だ。中にはチョコレートが入っている。バレンタインの日、月愛とチョコレートドリンクを飲んだ店のものだ。

「えっ、ありがと……そのチョコ大好き！」

月愛は、目を見開いてパチパチさせる。

しかし、彼女が心奪われているのは、どうやら花束の方で。

「……あたし、男の子からお花もらうの、生まれて初めてかも」

水色、黄色、菫色《すみれいろ》の花がちりばめられたブーケを見つめて、ぽつりとつぶやいた。

「そ……そうなんだ？　意外だね……なんでだろう」

彼女に花のプレゼントなんて、陽キャイケメンなら容易《たやす》くやりそうだし、てっきりもらい慣れていると思ったのに。

「わかんない。あんまそーゆーキャラじゃないからじゃん？　ギャルと花束って合わなそーだし」

考え考え、月愛は言う。

「花って、清楚《せいそ》なイメージじゃん？　あたしより、海愛《まりあ》みたいなタイプのが似合うっていうか……。小学生の頃、誕生日に、海愛が男の子から道端に咲いてる花もらって帰ってきて……あたし、なんか羨ましかったの覚えてるな……」

伏し目がちにつぶやいた彼女は、そこで手元のブーケを見て微笑した。

「……リュートは、なんでお花を選んでくれたの？」

「えっ、あぁ……」

不意打ちで笑顔の月愛に見つめられ、俺はしどろもどろになる。

「いや、この前、月愛、オロ●ミンCの瓶持ち帰ってたじゃん？　一輪挿しにするつもりなら、もしかして、花を飾るのが好きなのかなと思って……あ、もちろんこの花束は入らないだろうけど、一本取って入れてもらえば」

「………」

なぜか月愛は真っ赤になって、首をすくめている。

「……月愛？」

どうしたのかと声をかけると、月愛は顔を上げた。

「う、ううん……ありがと。お花、飾るね……」

消え入りそうな声でそう言って、月愛は花束を顔に近づける。

「……いい匂い。嬉《うれ》しい……」

ほっと力が抜けた表情で、あどけない幼女のような微笑を浮かべた。

その顔を見たとき、ふと思った。

花束のような女の子だ、と。

鮮やかな色で人目を惹《ひ》きつける花もあれば、純白のカスミソウのように、儚《はかな》く可憐《かれん》な花もある。そのすべてが寄り集まって、月愛という女の子を魅力的にしている。

どんな一面も、月愛を輝かせる長所のひとつだ。

花束を抱えて嬉しそうに微笑《ほほえ》む月愛を見て、そんなふうに思った。

◇

夕飯を終えてショッピングモールを出ると、辺りはもうすっかり夜の景色だった。

K駅から電車に乗ってA駅で降り、月愛を家に送る道すがら、俺は映画館でのことを考えていた。

「映画、どうだった?」

「ん？　面白かったよー」

月愛はあっさり答えて笑う。

終わったあとも、一応「面白かったねー」「ハッピーエンドでよかった」などと話していたが、月愛もあの映画に特別な思い入れがあったようには思えない。

「……なんで、映画見たいって思ったの？」

俺の問いに、月愛は小首を傾《かし》げる。

「うーん……。……恥ずかしいけど、近くにいたかったから」

「えっ？」

「覚えてる？　付き合ってすぐ、初デートする話になったとき、リュートが『初デートだから映画とか？』って言ったの。あたし、そのときよくわかってなくて、映画が好きな人なのかな？　とか、見たい映画があるのかな？　とか思ってたんだけど」

なつかしそうに、月愛がちょっと目を細める。

「きっと、そういうんじゃなかったんだよね。好きな人のすぐ傍《そば》にいたくて……でも、ドキドキして恥ずかしくて、目も見れなくて……、でもやっぱり近くにいたいって思ったら、映画っていいかもって。リュートもきっと、そういう気持ちだったんだよね……？」

「あ、ああ……」

そう言われてみればそうだったかもしれないけど、どちらかというと世間の定番初デートを提案しただけだったので、俺はおずおずと頷く。

「久しぶりにリュートを感じれて……あったかくて、ドキドキした」

月愛の言葉に、ドキッとする。

映画館で目が合ったときのことを思い出したからだ。

「…………」

月愛の家までは、あと数十メートルだ。もうすっかり見慣れた風景になった、木造一軒家が続く街並みを、街灯の灯《あか》りを頼りに歩いている。

月愛との距離は、二十センチほど。拒絶されるのが怖くて、自分から触れられずにいたけど……。

思いきって、傍にある白い手に、そっと手を伸ばそうとした。

そのとき。

「……！」

なんと、月愛の方から手をつかまれた。

手というか……正確には、小指一本を。

月愛は、俺の小指を握って、恥ずかしさを耐えるようにじっと俯《うつむ》いている。

「…………」

あまり力を入れると、ポキッとなりそうだ。なるべく月愛の手の揺れに合わせながら、俺は小指に感じる温《ぬく》もりに全神経を集中させる。

すぐ傍にいるのに、触れ合えるのは小指一本だけ。

もどかしくて、歯痒《はがゆ》いけれど……。

久しぶりに、月愛と手を繋《つな》いで歩いている。そう考えただけで、今は胸がいっぱいになる。

この道が、どこまでも続けばいいと思った。

しかし、現実はそうはいかない。

俺たちは、あえなく月愛の家の前に到着した。

「……明日、朝早いよね。久しぶりの五時台起きかな」

「ねー。新幹線だから遅れらんないし」

明日から、いよいよ修学旅行だ。

「荷造り終わった？」

「まだー。ってゆーか、コテとかメイク道具とか、明日にならないと入れられないし」

「じゃあ、早く寝ないとね」

「……………」

俺の言葉で、小指から離れていく温もりが名残惜しい。

月愛が、無言で俺の顔を見る。

その顔はせつなそうで、瞳も潤んでいるように見えて……虫が良すぎる考えかもしれないけど、なんだか、こちらを誘っているようで。

見つめ合っていると、ドキドキしてしまう。

「……………」

でも、ここは月愛の家の前だ。人通りも皆無ではないし、大胆なことなんて、できるはずがない。

「じゃっ、じゃあ、また明日《あした》……」

若干上擦ってしまった声で言うと、月愛も我に返ったように微笑む。

「う、うん。また明日ねー」

明るい声で言って、さっきまで繋いでいた手を振ってから、もう一方の手に持っていた花束を胸まで掲げる。

「……お花、帰ってくるまで元気だといいな。おばあちゃんに水替えといてもらわなきゃ」

「あ、そ、そうだね」

明日から家を空けるのに、生花なんてあげるべきじゃなかったかもしれない。そこまで気が回らなかったことを反省する俺に、月愛は安心させるように微笑む。

「だいじょぶ。今夜めっちゃ写真撮っとくから。枯れたら押し花にするし。ってか、押し花とかなつっ！　幼稚園ぶりだぁ」

はしゃいだ声を上げて、花束を顔の前で揺らす。

まだ帰りたくないのかな、と思った。それは俺も同じだから、嬉しいけど。

「じゃあ、夜更《よふ》かしして寝坊しちゃわないように、早く帰って支度しないとね」

「うん……そだね」

瞳を煌《きら》めかせて、月愛は俺を見つめる。

「ねぇ、リュート？」

「ん？」

「今夜も、月は綺麗《きれい》かな？」

問われるまま見上げた夜空に、今夜も月は浮かんでいない。

けれども。

「……うん。綺麗だよ」

俺が答えると、月愛は安心したような、嬉しそうな微笑を浮かべて。

「……修学旅行、楽しもーねっ！」

そう言って、玄関に入っていった。

第二・五章　朱璃ちゃんとマリめろのオフトーク

都内のとあるカフェで、二人の少女がお茶をしていた。

「……大丈夫だよ。落ち着いて、朱璃《あかり》ちゃん」

テーブルに突っ伏した少女に向かって、対面に座る少女が、とりなすように声をかける。

周りの目が気になるようで、焦《あせ》ったようにキョロキョロしながら。

「ムリ〜〜〜ほんとヤダ――――！」

足をバタバタさせながら、「朱璃ちゃん」と呼ばれた少女が喚《わめ》く。

「うちのバカバカ！　伊地知《いじち》くん、うちが選んだ服着て買ってくれたのに、チョモランマ級にどちゃくそ似合ってたのに、なんであんな態度取っちゃったんだろー！　オタ活してるとき以外いっつも伊地知くんのこと考えてて、あの服だって『伊地知くんだったらこんな服似合うだろーなー』って妄想してたから選べたのに！」

朱璃ちゃんの嘆きは、呪文の詠唱のごとき勢いで淀《よど》みない。

「も〜ヤダぁ〜〜！　ツンデレヒロインがもてはやされた時代なんて二〇一〇年代前半

で終わりやんな⁉　イマドキ流行《はや》らないのわかってるのに！　うちが伊地知くんを好きなこと絶対バレちゃいけないって思ったら、好きな気持ちが真逆に振り切れちゃって、気づいたら平成ど真ん中のツンギレ粗暴女に仕上がってたんだよ〜〜！」

「やっちゃったことは仕方ないよ……。明日からの修学旅行で取り返そう？」

「取り返せるわけがない〜〜！　一度あんなのになっちゃったら、もう今さら普通のキャラに戻るなんてムリだよ〜〜！」

「わたしも協力するから、頑張ろ？」

「ムリ〜〜！　てか、伊地知くんがマリめろのこと好きになっちゃったらイヤだから、むしろ協力しないで——！」

これにはさすがに「マリめろ」も呆《あき》れたようで、背もたれに背中を預け、マリめろは軽くため息をつく。周囲の目を気にすることはもう諦めたようで、開き直ったように落ち着いている。

「……伊地知くんは、ほんとに朱璃ちゃんの気持ちに気づいてないの？」

「当たり前じゃん！　めっちゃ怖がってたし。てか引いてたし。うちのバカバカバカ〜！　生まれたときからやり直したい〜〜！」

「……伊地知くん、鈍いんだね……。朱璃ちゃんはこんなにわかりやすいのに……」

嘆息するようにつぶやいて、マリめろは手元のロイヤルミルクティーを飲んだ。

第三章

翌日の月曜日、俺たちが通う私立星臨《せいりん》高校の二年生は、修学旅行のために東京駅に集まった。

朝七時集合だったので、銀の鈴前で会った同級生たちの顔は、寝ぼけ眼が多い。

「おはよー、ニコル！」

「おはよー、ルナ」

「てかアカリ、その荷物なに⁉　海外行くのー⁉」

そんな中で、月愛《るな》はひときわ元気だった。メイクも髪型もバッチリで、友達と笑い合う姿は、いつも通りの彼女だ。

「おはよ、リュート」

そんな彼女が、俺に対してだけ、頰を染めて、はにかんだような微笑を見せる。

「おはよう……」

こんな彼女も悪くないかな、と少し思い始めていた。

俺だけが見られる、特別な月愛。

そう思えば、心から嬉《うれ》しい気持ちになる。

新幹線に乗ると、先生から朝食のお弁当が配られた。

三列シートにイッチー、ニッシー（うちのクラスの生徒に席を替わってもらった）と座った俺は、早速朝食にありつこうとする。

「いただきます」

すると。

「ムリ……。今食べたら吐くわ……」

通路側のイッチーが、グロッキー状態でうめくように言った。

KENからの建築の宿題を終わらせるため、イッチーはなんと、昨夜一睡もしていないらしい。

「だらしねぇなぁ！　じゃあ俺がイッチーの分も食べてやるよ」

そう言ってイッチーのお弁当を取ったのは、窓際《まどぎわ》のニッシーだ。

「朝から弁当二個食い？　大丈夫？」

「行けるだろ！　まだまだ成長期だし。俺、あと十センチくらい伸びる予定だから！」

ニッシーは朝からテンションが高い。山名《やまな》さんと一緒の修学旅行が楽しみなのだろうか。他クラスのニッシーは、あらゆる手段を講じて、自由行動以外もうちの班に紛れ込もうとしているみたいだ。

「イッチーは安心して寝てろよな！　京都着いたら起こしてやるよ」

「着いてからじゃ降りるの間に合わねー……」

そうツッコんだイッチーは、すでに十度ほど倒したシートに身を預け、目を閉じている。

「うん。少し前に起こすから、ほんとに寝てていい、よ……!?」

俺が言い終わる前に、イッチーはすでにイビキをかき始めていた。

「はぇえー……」

そして、ニッシーは、もう弁当をふたつ重ねて食べ始めていた。

「モリモリ食って、イッチーよりデカくなってやるぜー！」

「早食いは横に大きくなるから気をつけなよ」

そんな会話をしていた、十数分後。

「うぇっ、食いすぎた……きもちわる……」

だから言わんこっちゃない。

ニッシーは口元を押さえ、窓の外をうつろに眺めている。

簡易テーブルの上には、空の弁当箱がひとつと、八割ほど平らげられた弁当がひとつ。

「無理すんなよ。ニッシーはイッチーと違って、もともと大食いじゃないんだから」

「ううっ……食ったから大きくなれるのか、大きくなったから食えるのか……」

卵が先か鶏が先か、みたいなことを言って、ニッシーは涙を呑《の》んでいる。

「うおぉえっ！」

「わっ、やめろ吐くな！　トイレまで我慢してくれー！」

「そうしたいけど、イッチーが邪魔で通路に出られねぇ！」

「頼むから俺にはかけるなよ⁉」

「うぇええぇ」

「こら、仁志名《にしな》！　お前またA組にいるのか！」

騒いでいたら先生に見つかってしまい、こうして俺たちの修学旅行は、てんやわんやの中で始まった。

◇

お昼頃、京都に着いた俺たちは、駅の近くの宿泊先ホテルに行って、昼食をとった。今日はずっとクラスごとの団体行動で、昼食後は東寺や東本願寺を観光して、改めてホテルにチェックインだ。

俺たちが泊まるのは、京都駅の近くの、現代的な大規模ホテルだった。なんとなく修学旅行といえば古い旅館というイメージがあったけど、旅のしおりを見る限り、今回はずっとこんな感じの宿泊場所のようだ。

宴会場での夕飯では、紙鍋のしゃぶしゃぶにテンションが上がったり、食わず嫌いしていた湯葉の意外な美味《うま》さに気づいたりと、旅の味覚を満喫した。

そのあとで部屋に帰って、入浴を済ませ、就寝準備をしていたときのことだった。

ドアがコンコンとノックされた。

気のせいかとスルーしたら、もう一度ノックが来たので、なんだろうと思いながらドアに向かう。

同室のイッチーは入浴中だから、対応できるのは俺しかいない。ちなみに、ホテルの部屋割りはグループごとで、俺はイッチーとの二人部屋だ。さすがにニッシーも、部屋までは押しかけてこなかった。

「よっ、カシマリュート」

ドアを開けると、そこには山名さんがニヤついて立っていた。制服姿だから、まだ入浴前なのだろうか。

「今、女子部屋に来たら、面白いもんが見れるよ。ちょっと来ない？」

「えっ⁉」

じょ、女子部屋だって⁉

すごく行きたい……というか、なんならさっきから「今頃月愛はシャワー中だろうか」などと、心はとっくに女子部屋へ向かっていた。

「っていうか、面白いものって……？」

「来たらわかるよ。ついてきな」

それだけ言うと、山名さんは身を翻《ひるがえ》して颯爽《さっそう》と廊下を歩き出してしまう。

「えっ、あの……」

俺はイッチーに声をかける暇もなく、まだ髪も濡《ぬ》れたまま、寝巻き用のTシャツとジャージ姿でホテルスリッパをパタパタ言わせて、山名さんのあとを追った。

女子部屋は、男子部屋の一階上にあった。フロアごと貸切《かしきり》にしているため、友人の部屋を行き来するために廊下に出ている生徒も女子しかいない。男の俺は、歩いているだけで背徳感にドキドキする。

一部の陽キャグループしか盛り上がっていなかった男子フロアと違って、通り過ぎる女子部屋からは、どこも楽しそうな話し声がする。中でもひときわ騒々しいと思った部屋で、山名さんが立ち止まった。

「ほら、ここ……」

そう言って、彼女がドアを開けたとき。

「やだーっ、もう外のトイレで着替えるからっ！」

中から人が出てきて、俺の胸に飛び込んできた。

「わっ！」

「きゃっ！」

ふわっと香る甘い匂い。柔らかい肌の感触。金に近い茶色の、緩いウェーブのかかった髪……。

一瞬、月愛かと思った彼女は、よく見ると……。

「くっ、黒瀬《くろせ》さん⁉」

「加島《かしま》くん⁉」

俺に抱き留められる形で立ち止まった彼女は、驚いた顔をして慌てて離れた。その頬は赤らんでいる。

「黒瀬さん……その格好は……？」

ぶつかってしまったことへの動揺もさることながら、一番の驚きは、彼女のその姿だった。

黒瀬さんは、古《いにしえ》のギャルの装《よそお》いをしていた。うちの学校のものとは違う、パンツが見えそうなほど短いスカートのセーラー服。何重にもひだが寄ったルーズソックス。腕に巻いたハイビスカス柄のシュシュに、派手な髪色……どこを取っても、普段の黒瀬さんとはかけ離れたファッションだ。

「こっ、これは……」

黒瀬さんは、赤い顔をしてプルプル震えている。男子に見られると思っていなかったのだろう。何も見えていないけど、スカートの裾を恥ずかしそうに押さえている。

「それは、ママの現役時代のを借りてきたやつ！　マリめろが着たら意外性あると思ってー」

部屋の中から、谷北《たにきた》さんの声がする。

中をのぞくと、ベッドが並んでいる俺の部屋と違って、和室になっていた。きっと四人部屋だからなのだろう。

畳に敷かれた布団《ふとん》の上に、ウィッグや衣装が散乱している。

なるほど、と察した。

月愛が旅行前にコスプレの時間を取ってくれなかったから、約束のコスプレ衣装を修学旅行に持ってきたのか。谷北さんが、小さな身体《からだ》に不釣り合いなドでかトランクを持ってきていた理由もわかった。

ということは、月愛も何かコスプレを……？

そう思って部屋の中をさらにのぞいた俺を見て、谷北さんがニヤリと笑った。こちらも山名さんと同じく制服姿だ。

「ルナちはこっちだよ、加島くん」

そのとき、部屋の奥……廊下からは死角になっていた辺りから、しずしずと移動してくる人影があった。

「もしかして、リュート……？」

現れた月愛を見て、誇張ではなく、心臓に射貫かれたような衝撃が走った。

月愛は、純白のロングワンピースに身を包んでいた。シンプルなデザインだけど、大きな襟と、裾にかけてふわっと広がるスカートがアイドルっぽい。

そして、何より目を奪われたのは。

黒髪ロングストレートの髪型だ。

ウィッグをつけているのはわかっている。それでも見惚《みと》れてしまって、言葉が出なかった。

「…………」

斜めに流した前髪のせいか、大きな目がいつにも増して魅力的に見える。黒髪との対比で、白い肌が透き通るように輝いている。

こんなアイドルがいたら、推さざるをえない。

「それ、乃木坂《のぎざか》の衣装～！　友達が文化祭のステージでやるからって、作るの頼まれて」

谷北さんが得意げに言う。

「いいでしょ～？　どう？　こういうルナち」

月愛は照れたように、俺から視線を逸《そ》らしてモジモジしている。

「う、うん、可愛《かわい》い……」

「……！」

俺の言葉に反応して、月愛の顔がさらに赤らむ。

本当に可愛い。こんなに完璧な清楚《せいそ》系の月愛を見るのは初めてだけど、まったく違和感がないというか、今のしおらしい態度と相まって、元からこういう子のような雰囲気で似合っている。

ぶっちゃけ、めちゃくちゃ好みだ。

抱きしめたい。人目さえなければ、今すぐこの場で……。

そのとき、廊下に出ていた黒瀬さんが部屋の中へ戻ろうとする。

「もう、じゃあ月愛だけやってればいいでしょ。なんでわたしまで……もう着替えるからね！」

そんな彼女を、山名さんが腕を摑《つか》んで引き止める。

「まぁ、待ちなよ。せっかくだから写真撮らね？」

「そーだよ！　修学旅行の記念、記念♪」

と、谷北さんがスマホを構える。

「なんの記念よっ！　修学旅行関係ないし！」

「あっ、いーね！　あたし、海愛《まりあ》と撮りたい」

月愛もたちまちノリノリになって、妹の肩に手を回す。

「ちょっ、ちょっと……なんなのよ、この写真」

「だから記念だってば♪」

イケイケギャルの黒瀬さんが、清楚乙女な月愛に絡《から》まれて、たじたじになっているのは、いつもと同じ構図だけど、見た目が逆転しているから面白い。

「はーい目線こっちね！」

そうしている間にも谷北さんが撮影していて、山名さんがニヤニヤ笑って二人を見ている。

黒瀬さんが、月愛や月愛の友達とすっかり打ち解けている様子に、改めて心が熱くなる。

こうして服装をチェンジした姿を見てみると、月愛と黒瀬さんはよく似ているのがわかる。単純な見た目じゃなくて、内面から発する雰囲気というか、オーラというか……力強い生命力のようなものが。

それが生まれ持ってのものなのか、月愛が以前クラゲにたとえたような、運命の波に流されつつ生きてきた結果としてのたくましさなのかは、わからない。

俺は、良くも悪くも起伏のない人生を歩んできた人間だから、そういう強さのある人に惹《ひ》かれる。

可愛い女の子なら、確かに他にもいるけど、俺がなぜこの二人に告白したのか、今考えると少しわかる気がした。

恋愛はタイミングだから、と月愛に言ったけれど、何かの歯車がちょっと違っていたら、俺は月愛と付き合うことなく、転校してきた黒瀬さんと付き合っていたかもしれない（まぁその場合、黒瀬さんが俺を好きになってくれたかどうか怪しいけど）。

でも、俺は月愛を選んで、彼女と付き合っている。

その選択は、もしかしたら偶然で頼りない運命によるものだったのかもしれないけど、今の俺は、この結果に満足している。

月愛と末長く一緒にいたい。

改めて、この気持ちの揺るぎなさを確信して、じゃれあいながら写真を撮る姉妹の姿を微笑《ほほえ》ましく見守っていた。

そのとき。

「ほら、もう消灯時間よー！　って、加島くん!?　何やってるの、男子部屋に戻りなさい！」

「す、すいません！」

A組の担任の先生が廊下に現れて、俺は慌てて踵《きびす》を巡らす。

「っていうか、黒瀬さん、白河《しらかわ》さん!?　なんなの、その格好！」

「パ、パジャマ……？」

「んなわけないでしょうっ！」

ごまかそうと微笑んだ月愛に、先生は容赦なくツッコむ。

「もしかして、あなたたち、まだお風呂《ふろ》にも入ってないんじゃないの⁉」

「わ、わたしは入りましたっ！　お風呂上がりに服を隠されてて、こんな格好に……！」

黒瀬さんが涙目で訴える。

「えーっ、でもウィッグは鏡見ながらノリノリで被《かぶ》ってくれたじゃん、マリめろ」

「こっ、ここまで着たら付き合うしかないでしょ⁉」

そういうことらしい。

黒瀬さんもコスプレを楽しんでいたことがわかって安心した。

「まーセンセ、カリカリしてるとお肌に悪いよ？　あたし朝シャワー派だから、すぐ寝れるしさ」

山名さんが先生の肩に馴《な》れ馴れしく手を置いて、妙齢の女性担任は口をパクパクさせる。

「いいから、早く消灯しなさーいっ！」

そこまでを廊下の遠くから見守って、俺は急いで男子フロアへ下りていった。

◇

次の日も、団体行動の日だった。ホテルからバスで出発して、三十三間堂や清水寺など東山区を観光し、午後は金閣寺と銀閣寺を回る駆け足の観光だ。

観光先では、グループごとにまとまって、総合の時間にあらかじめ学習していた内容を確認しながら見学することになっている。

ニッシーは今日も、当然のように俺たちのグループに紛れ込んでいた。

まず立ち寄った三十三間堂は、後白河上皇の寺院の本堂を再建したもので、千一体の千手観音像が納められているというのが、事前学習で学んだ概要だ。

中に入ってみると、細長い堂の中に、確かに無数の千手観音像がずらりと並んでいる。

この木彫りの像はすべて人の手で彫られていて、一体一体顔の造作が異なるそうだ。

「この中に、会いたい人に似てる像が必ずあるんだよね？　うちらに似てる像もあるってことかな？」

そう言って、月愛は人捜しをするように像を見て回る。

「リュートはあれかな？　優しそうな顔してる」

「そ、そうかな？」

あまりピンとは来ないが、月愛がそう言ってくれるのが嬉《うれ》しい。

「あたしはどれだろ？」

「うーん……」

俺は辺りの像を見ながら唸《うな》った。並べられた像は、後ろに行くにつれて階段状に高くなってはいるが、前の像の後光みたいなものが邪魔だし、堂内は薄暗いので、奥の方の像はあまり細部が見えない。

「あれじゃない？」

そこで黒瀬さんが月愛に近づいて、像を指差す。

「小さい頃の月愛の寝顔によく似てる」

「あっ、言われてみたらそーかも！」

俺にはどれのことかわからなかったが、月愛は像を見て喜んでいる。

「じゃあ、海愛はその隣のね」

「えー、あんな丸顔だったかなー？」

黒瀬さんが笑う。

仲睦《むつ》まじい姉妹の様子に、心が温かくなった。

「え～うちはどれだろー？」

谷北さんが、辺りをうろちょろと探している。俺の近くになんとなくいたイッチーが、それを見て像を指差した。

「……あれじゃん？」

　俺にだけ聞こえる声で、そう言った。

　その方向の像を探そうとしたら、手前に憤怒《ふんぬ》の形相を浮かべた阿修羅《あしゅら》王像が立っていて、思わず笑ってしまった。

「だっ、誰が阿修羅ですって〜⁉」

　脅威の地獄耳で聞きつけた谷北さんが、俺たちの方に向かって牙を剝《む》く。

「い、いやっ、その後ろの仏像……」

　イッチーが慌てて弁明するが、谷北さんは聞いていない。

「あんた何様のつもり⁉　自分がちょっと背が高くてかっこいいからって！」

「だから違うって……」

「騒ぐな、谷北！　伊地知《いじち》！」

　近くにいた男の先生に怒られてしまった。

「なんで俺まで……」

　怒られ耐性がないイッチーが露骨にしょんぼりするのが、少し気の毒だ。

　その横で、山名さんがニッシーに話しかけている。

「蓮《れん》は見つけた？　誰かに似てるやつ」

「いや。ぶっちゃけ全部同じ顔に見えるし……」

答えるニッシーにも緊張感はなく、二人の間には自然な空気が漂っている。

いつの間にこんなに仲良くなっていたのだろう、と俺は少し驚いた。

「あたしはどれだろーなー?」

山名さんの独り言めいた問いに、ニッシーはふと俯《うつむ》く。

「……いないよ」

そうつぶやいたニッシーは、ちょっと山名さんと目を合わせて。

「笑琉《にこる》は、もっと美人だから」

恥ずかしそうに、そう言った。

「……あ、そう。……どーも」

山名さんも赤面して、ぶっきらぼうに答える。

「あ、あっち見てみようよ、イッチー」

なんだか見てはいけない現場を見てしまったような気がして、俺はイッチーを促してその場から動いた。

三十三間堂の次は、清水寺の観光だ。

「うわ、たっかー！」

　清水の舞台を少し離れた場所から眺めて、月愛が声を上げる。

「ヤバー！　ほらほら、海愛も見てみなよ」

　月愛がはしゃいで黒瀬さんを前に出す。

「言われなくても見えてるわよ」

　子どものように喜ぶ月愛に、黒瀬さんは少し呆《あき》れ顔《がお》で微笑む。

「マジすごいー！　バンジーできそーだよ、バンジー！」

「でも、手すり木だから折れそうやんな？」

「勇気の片道バンジーじゃん」

　谷北さんと山名さんが言って、月愛は笑う。

「あっ、じゃあやめよー」

　和気藹々《わきあいあい》としている女子の傍《そば》で、俺たち男子は、背の順に横並びになって、木の手すりに手を置いて舞台を見ている。

「こういう寺も、イッチーはユアクラで作れるのか？」

「作れるんじゃん？　和風建築も今度やってみようかな」

　ニッシーにイッチーが答える。

「さすが建築ガチ勢」

俺は尊敬の念を込めてツッコんだ。

すると、隣のニッシーがつぶやく。

「……でも、思ったより高いよな。下見てみると地味にヤベー……」

そのとき、真下を見るニッシーの後ろに、山名さんが忍び寄ってきて、俺に目配せしながら、その背中を勢いよく押した。

「わっ！」

「うわぁああっ！」

ニッシーは大声を上げ、尻餅をつきそうなリアクションでしゃがんだ。

そんなニッシーを見て、山名さんが笑う。

「何、ビビってんの？」

「そ、そんなんじゃねーけどっ！」

「もしかして、高いとこ苦手？」

山名さんに尋ねられて、ニッシーはしゃがんだまま項垂《うなだ》れる。

「小学生のとき、家族で遊園地行ってジェットコースター乗ったら、不具合が起きて、頂上で三十分止まったことがあって……」

それは、俺も初めて聞くことだった。

「ふーん」

口をへの字にしていた山名さんは、そこで口を開いた。

「まぁ、誰にでも苦手なものはあるから。あたし、虫めちゃくちゃ嫌いだし」

それを聞いたニッシーは、元気を取り戻して立ち上がる。

「マジ？　意外ー！　今度百均で虫のおもちゃ買って机入れとこ」

「は？　殺すぞテメェ」

ブチ切れ顔の山名さんに、ニッシーはひるむことなく笑っている。

俺は山名さんのことをまだあまり知らないけど、彼女のこういう距離の詰め方とフォローの仕方は、関家《せきや》さんと似てるなと思った。長年付き合ったわけでもないのに似てるのは、もともと性格が似ているのだろう。二人が惹《ひ》かれ合ったのも自然なことに思える。

関家さんといえば、と俺は考える。

もうそろそろ、受験の最終結果が出る頃だ。受かったらすぐ教えると言っていたのに、連絡が遅いことが少し気になる。

仲良さそうに騒いでいるニッシーと山名さんを見て、三十三間堂での二人のことも思い出し、俺はちょっとだけ心がモヤッとするのを感じた。

そうして清水寺の観光が終わって、集合場所のバス駐車場へ戻ろうとしていたときだった。

「ねえねえ、『えんむすびの神』だってー!」

月愛が指差したのは、石の階段が続く先だ。そこに石の鳥居があって、赤い文字で確かに大きくそう書いてある。

「地主《じしゅ》神社? 調べてないところだね」

「ちょっと見ていかないー?」

みんなに声をかける月愛に、山名さんが言う。

「あんたもう縁結びとか必要ないでしょ」

「でも、お守りとか欲しくない? 彼氏とおそろの」

それを聞いて、山名さんも心が動いたようだ。

「じゃあ、ちょっと行ってみるか。京都のお守りって、効き目すごそうだし」

「お、おい、余計なとこ寄っていいのかよ?」

ニッシーが戸惑ったように声をかける。

「まぁ、時間までに戻ればいいっしょ」

楽観的に答えた山名さんが率先して進み始め、俺たちは地主神社に寄り道することになった。

「あった、お守りー！」

みんなで参拝したあと、近くの販売所に月愛が寄っていく。

「あっ、このペアのお守り『愛が育ちます』だってー！　あたしこれにしよー」

「あたしはこっちにしよーかな。『家の事情や勉強、仕事で離れている時間が多い、そんな二人の心をつなぐ鈴のお守りです』だって」

山名さんも売り場をのぞいて言う。

「ぴったりじゃん！　でも、もうすぐ一緒にいられるようになるでしょ？」

「でも、センパイ、大学行っても勉強で忙しそうなんだよね」

二人がお守りを手に取っているので、俺は月愛に声をかける。

「それ買うの？　……俺が出そうか？」

「あっ、いーよ！　あたしが欲しいんだし」

「でも……片方俺にくれるんでしょ？」

この流れでそうじゃなかったら大ショックだ。

「うん。……じゃあ、半分ずつ出す？」

「そうだね。千円だから五百円か」

そうして月愛と山名さんが無事お守りを手に入れたところで辺りを見ると、イッチーが一人、台で何かを書いていた。

「何やってんの？」

「人形祓《ひとがたばら》いってやつ。厄祓いしようと思って」

その顔は、真に迫っている。

イッチーが記入していたのは、人の形をした薄い半紙のような白い紙だ。そこにイッチーの字で、名前や年齢などが書かれている。

イッチーはそれに三回息を吹きかけ、脇の木桶《きおけ》に張られた水の上に置いた。

人形はたちまち手足から溶けて、水の中に四散する。

イッチーはその様を見守ることなく、合掌して目を閉じていた。なんだかすごく真剣だ。

「……それで、なんの厄を祓ったの？」

その鬼気迫る様子に怖くなって尋ねると、イッチーは祈りのポーズのまま目を開ける。

「変な女との悪縁を断って、可愛《かわい》い彼女ができますようにって」

ちらりと見る先にいるのは、黒瀬さんと何か楽しげに話す谷北さんだ。

「……そ、そっか」

谷北さん、ついに「変な女」呼ばわりに……！

まぁ、変な女だよな、今のままじゃ実際……。

渋谷と三十三間堂での様子を思い出して、納得せざるを得ない。

でも、イッチー、この前は「恋愛はいい」と言っていたのに、やっぱり彼女が欲しい気持ちはあるみたいでよかった。

実は、イッチーが痩せてから、教室にいる女子たちの「そういえば伊地知くんもナシではないよね……」みたいな視線を感じることもあるのだが、イッチーが陰キャを極めているのと、谷北さんの圧が凄《すご》すぎて、誰も近づけずにいる。ちなみに、谷北さんがイッチーのファンであることは、たぶんイッチー以外のクラスメイトはみんな知っている。なぜ本人の耳に届かないのか不思議なくらいだ。

「ルナちー、終わった？　集合場所帰ろー」

その谷北さんが、月愛と山名さんを呼んで、女子が集合し、帰る流れになったかと思ったとき。

「恋占いの石だってー」

月愛が、傍にある石に気がついた。膝くらいの高さのごつごつした岩で、確かに「恋占いの石」と書かれた札がかけられている。よく見ると、同じような石が少し離れた場所にもある。

「この石から、あの石まで、目をつぶったままたどり着けたら、恋が成就《じょうじゅ》するんだって ー」

立て札の説明を読んで、山名さんが言った。

「そうなんだ。アカリ、やってみなよー！」

「えっ、なんでうち⁉」

谷北さんに訊《き》かれて、月愛と山名さんは顔を見合わせる。

「いや、だってあたしたちは……」

「一応成就してるからさ」

「え〜っ⁉　じゃあ、マリめろもやろうよ⁉」

谷北さんに振り向かれて、黒瀬さんはそっと微笑《ほほえ》む。

「わたしはいいわ。占う恋もないし」

言い終わった黒瀬さんと、一瞬目が合ってドキッとする。

だが、その笑顔には寂しさも皮肉もなく。俺に「大丈夫だから気にしないで」と言っているように見えた。

……なんていうのは、都合のいい解釈かもしれないけど。

黒瀬さんも、前に進んでいるんだ。

そう思うと、俺も少しだけ笑顔になれた。

そうこうしている間に、どうやら一人で恋占いをやることになったらしく、谷北さんが目をつぶって歩き出している。

ところが。

「……アカリ、ヤバくない？」

「平衡感覚どーなってんのかね？」

月愛と山名さんが言う通り、谷北さんは全然まっすぐ歩けていなかった。誰が見ても明らかなほど斜めに進んでしまっている。

「ちょ、アカリ、右！　右！」

「あー行きすぎ！　もうちょっと左！」

「えー!?　も――なんなの――――!?」

「いや、こっちのセリフなんだわ」

混乱した声を上げる谷北さんに、山名さんがすかさずツッコむ。

たった十メートルほどの距離にある石が、なんだかめっぽう遠い。

月愛たちの指示で右へ左へフラフラと歩く谷北さんは、ゴールの石手前に立つ俺とイッチーの方へ、ようやく近づいてくる。

「アカリ、右！」

俺たちに激突しそうな勢いで斜めに歩いてくる谷北さんに、月愛が叫んだときだった。

「え？」

谷北さんが急に方向転換しようとして、つま先が石の地面の出っ張りに引っかかった。

「⁉」

「危ない、アカリ……！」

谷北さんの身体《からだ》が大きく前につんのめって、転びそうになったとき。

ちょうど目の前にいたイッチーが、反射的に手を出した。

「あっ！」

イッチーに肩を支えられて、谷北さんは、なんとか転ばずに済んだ。

「……だ、大丈夫？」

腫れ物に触るようにこわごわと、イッチーが声をかける。

その声を聞いて、谷北さんが両目を開ける。目の前にいるイッチーを見て、目玉が飛び出しそうなほど驚いた顔になり……。

「〜〜〜〜〜〜〜〜⁉」

真っ赤になって、突き飛ばすようにイッチーから離れた。

「なっ、何してくれてるのよっ⁉　目開けちゃったじゃないっ！　途中なのにっ！」

「えっ、だ、だって……」

イッチーは困っている。それもそのはずだ。

自分の目の前で人があんなふうにこけたら、誰だって咄嗟《とっさ》に手を差し出すだろう。谷北さんの前にいたのが俺だってニッシーだって、もちろん女子の誰かでも、同じことをしたと思う。むしろ、手を出さずによけたりした方が、人としてどうかと思う。

だが、そんなことは谷北さんには関係ないようで。

「なっ、なんなのあんたって！　背ぇ高くてかっこよくてゲーム上手《うま》くて、さらに女子に優しいの⁉　サイアクな男ねほんとっ！」

「それのどこがサイアクなんだろ」

「全然罵倒になってないっていうね」

月愛と山名さんが、呆《あき》れ顔《がお》で見ている。

「あんなに褒められてて、なんで気づかないかなぁ、伊地知くん……」

一方、イッチーの方もげんなり顔をしていて。

「厄祓い、全然効いてねぇ……。二百円無駄にした……」

悄然《しょうぜん》と、そうつぶやいていた。

そんなこんなで、谷北さんの恋占いの結果はどうなったのかわからないが、改めて帰る雰囲気になり、俺はその場から一人離れた場所にいるニッシーへ、声をかけに行った。

「ニッシーは、何してるんだ？」

「うわぁっ！」

こちらに背を向けていたニッシーは、身体が浮き上がるほど驚いた。

「ビックリした、カッシーか」

ニッシーは、参拝客が書いた絵馬がずらりと並ぶ、絵馬かけの前にいた。自分の絵馬を結んでいたようだ。

「絵馬？　書いたの？」

俺が訊くと、ニッシーは自分が結んだ絵馬を背中に隠すように後ずさる。

「見るなよ⁉　絶対見るなよ⁉」

「それ、絶対見て欲しいときに言うやつ！」

「ほんとに見て欲しくないんだよ〜っ！」

「わかってるって」

たぶん山名さん関係なんだろうなと思ったけど、ニッシーがあまりにも切実な様子だったので、それ以上追求しないことにして。

俺たちは、みんなで集合場所へ戻った。

◇

清水寺の近くで昼食を取った俺たちは、バスに乗って金閣寺へ向かった。

「金閣ヤバー！　めっちゃ金ピカじゃん！　映えすぎる！」

「写真撮ってあげようか、月愛？」

「海愛も一緒に撮ろーよ！　てか、みんなで撮ろー？」

「無理じゃね？　入る？　あ、アカリ、スマホの広角レンズ買ったんだっけ？」

「うん、今つけてるよ！　はい、みんな入ってー！」

「お、俺たちも？」

「うん、リュートたちも入って！」

「蓮、ここ入りなー」

「……ちょっと！　あんたはデカいんだから屈《かが》むとかしたらどう!?」

「こ、こう……？」

「って、押さないでよっ！　あた、当たってるんですけど膝がっ！」

「ご、ごめ……っ」

「あんたってほんとサイアクな男ねーっ！」


てんやわんやの金閣寺観光のあとは、再びバスに乗って銀閣寺だ。

「銀閣寺地味ー！　全然シルバーじゃないじゃん！」

「銀閣寺は銀色じゃないって、事前学習で学んだでしょう、月愛……」

「にしても地味すぎない!?　金閣寺のあとだから余計にヤバ」

「じゃあ、フィルターかけて盛っちゃえばよくね？」

「あっ、いーね、ニコるん！　ピンクにしよ」

「ピンク閣寺じゃん、ウケる」

「リュートたちも入るー？」

「い、いや、さっき撮ったからいいよ」

「ピンクにされたくないしな……」

「俺はもう怒鳴られたくないし……」

そうして本日の観光を終えて、バスはホテルに帰り、修学旅行二日目が終了した。

◇

三日目は京都ラストの日で、終日グループ行動だ。グループごとにまとまって、総合の時間にあらかじめ歴史的由来などを調べていた場所を観光することになっている。

俺たちは、午前中に伏見稲荷《ふしみいなり》に行って、午後は嵯峨野《さがの》の寺社を回る計画だった。

伏見稲荷は、京都駅から電車で五分ほどの好アクセスの場所にあった。

「わ〜すごい！」

本殿を過ぎると、代名詞でもある千本鳥居がずらりと並んで出迎えてくれる。鮮やかな朱塗りの鳥居がどこまでも続く中を通る、想像以上に圧巻の景色に、月愛だけでなくみんな歓声を上げていた。

「ヤバくね？　映えまくりなんだけど」

「ニコるん、そっち立ってー！　マリめろも！」

「はいよー」

「え、こ、こう？」

「おけまる！」

女子たちは早速写真撮影に余念がない。

千本鳥居は山の麓にあって、進んでいくとどんどん山に入っていく感じがする。晴れの日の朝なのに、青空は山の木々で目隠しされて、視界は薄暗い。空気はひんやりと冷たく、外界と遮断されたような、不思議に神聖な感覚があった。騒ぐような気にはなれず、イッチーたちとの会話も少なに、俺は一人黙々と山道を登った。

少し視界が開けたのは、「奥の院」と呼ばれる奉拝所があるところに着いたときだ。千本鳥居が終わって、やや広い平地のスペースがある。

俺たちはここからさらに山を登って、休憩所がある四《よ》ツ辻《つじ》とよばれるところまで行ってから下山する予定だ。

まだ朝の時間帯だけど、観光客が千本鳥居の方から次々に上がってきては、溜《た》まっていく。

「『おもかる石』だって！　なにこれ？」

「願い事をしながら持ち上げて、思ってたより軽かったら叶《かな》うけど、重く感じたら叶わないらしいわよ」

「マジ⁉　ニコるん、やってみなよー」

「え、やだよ、怖ぇーわ」

女子たちが、奉拝所の近くにある占い石の傍《そば》でわいわいやっている。

「女子ってほんと占いとか好きだよなー」

「ゴミゴミしてるとこ来ると、ユアクラのTNTで全部吹っ飛ばしたくなるよな」

「それは危険思想だよ、イッチー……」

男子も思い思いのことを話していた、そんなときだった。

「あっ、もしもし、センパイ⁉」

山名さんが、急にスマホを耳に当てて、弾んだ声を上げた。

センパイ……ということは、関家さんか。

自分から連絡しないと言っていた関家さんから電話がかかってきたということは、受験の結果が出たに違いない。

自分のスマホを確認してみるが、俺の方に連絡はまだない。彼女への報告が先なのは当たり前か。

「えっ、ニコるん彼氏から⁉」

「よかったねぇ、ニコル！」

谷北さんと月愛が見守る中、山名さんは嬉々《きき》とした表情で話している。

思わずニッシーを見てしまったが、ニッシーは明後日《あさって》の方向を見ていた。

山名さんの通話が終わらないと先へ進めなそうなので、イッチーと雑談すること、しばらく。

「…………」

ふと、女子たちの方を見て、異変に気がついた。

山名さんが、一人離れたところに立っている。人の目から背を向けるように山側を向いて、俯《うつむ》いてスマホを耳に当てていた。

気になって見ていると、山名さんは急に膝を抱えてしゃがんでしまった。その背中が、嗚咽《おえつ》するように上下する。

「ニコル……？」

月愛たちもハラハラしながら見守っているが、ただならぬ雰囲気に近づけずにいるようだ。

山名さんは立ち上がり、俺たちの目から逃れるように奥の院の裏に行く。

心配そうにそのあとを追った月愛が、首を振りながら帰ってきた。

そうして待つこと、五分、十分。

月愛がもう一度、様子を見に行く。そして、血相を変えて帰ってきた。

「どうしよう！　ニコルがいない！」

「えっ⁉」

俺たちも、女子のところへ集まる。

「いないって何？」

「さっきまで、そこの裏で電話してたじゃん。今見たらいなくて……。ニコルに電話しても、電源切れてて通じないの」

「関家さんと電話してて、充電切れたとか？」

「なわけなくない？　まだ朝だし、十五分くらいの電話で……」

「じゃあ、トイレ行ってるとか」

「なんでスマホの電源切ってトイレ行くの？」

月愛と話していたとき、俺のスマホに電話がかかってくる。

「……関家さんだ」

汗ばむ手でスマホを握り、通話ボタンを押して耳に当てた。

「ああ、龍斗《りゅうと》？　そこに山名いる？」

いつも通りの関家さんだが、その声に少しの焦《あせ》りを感じる。

「いえ……今ちょっと見当たらなくて」

「…………」

電話の向こうで息を呑《の》む様子が、こちらにも伝わってきた。

「……実は、さっき山名に受験結果の報告をして……」

一気に沈んだ声のトーンで、結果は聞く前から想像がついた。

「今年はダメだった」

「……そうですか……」

「もう一年、浪人することになった。オヤジに『やってみろ』って言ってもらえて」

「……山名さんとの関係は、どうするんですか？」

月愛たちが息を詰めて俺を見守っているので、俺の声にも緊張感が表れる。

「今の状態を続けるか、別れることにするか、山名が決めていいって言った」

「山名さんは、なんて？」

「……『そんなの決めたくない』って泣いて……電話が切れた。そこから、何度電話しても通じなくて」

それで、俺にかけてきたというわけか。

「そのへんにいるかもしれないので、捜してみます。見つかったら連絡します」

「悪い。ほんとごめん」

関家さんは、珍しくしおらしい声になっている。

「修学旅行中だよな？　今どこ？」

「京都の伏見稲荷です」

「旅行中だって、わかってたんだけど……。山名もずっと気にしてるだろうし、一昨日《おととい》全部の結果が出て、方針も決まったのに、いつまでも連絡しないのは悪いと思って……」

それもわかるので、関家さんを責める気持ちはない。

電話を切った俺は、グループのみんなに事情を話して、手分けして山名さんを捜し始めた。

「あたし、下行ってみる。上行く道の方は、うちらの横通らないと行けないと思うんだよね」

「うちも行く！」

「わたしも」

月愛と谷北さんと黒瀬さんが、千本鳥居を引き返す方へ行く。

「俺は上行ってみる。誰も見てない間に登ってったのかもしれないし」

ニッシーが登りの道へ行き、残った俺とイッチーは、もう一度奥の院の周りを捜してから、ニッシーのあとを追った。

登りの道は徐々に険しくなって、未舗装の山道らしい場所も出てくる。肌寒いと思っていたのに、気がつくと背中が汗ばんで、息が上がっていた。

「……鬼ギャル、ほんとにこんな道登ったと思うか？」

イッチーが、少々バテ気味な様子で言った。

「傷心の女の子が、一人で山道登るか？」

「うーん……。ほんとにすごくショック受けてたら、自分でもよくわからない行動取っちゃうんじゃないかな……」

だからこそ、心配して捜しているわけで。スマホも多少の現金も持っている高校生なら、普通は国内のどこかで迷ったとしたって、さほど心配ないと思うけど。

「……バカだな、鬼ギャル。恋愛くらいで」

ぼそりと、イッチーが言った。その瞳には、軽蔑より嫉妬めいた色が浮かんでいる。

「ニッシーもバカだよ。彼氏が二浪するからってショック受けて修学旅行中に消えるような女、追いかけたってなんにもならないのに」

山道の上の方を見上げて、そうつぶやく。

「……そうだね」

バカだな、と思う。

月愛の言動や一挙手一投足に、嬉《うれ》しくなったり、心揺れてしまう俺を含めて。

でも、きっとそれが恋するってことなんだ。

未熟な俺たちは、恋愛でも、きっとまだまだ山の途中で。

どこまでも鬱蒼《うっそう》とした風景が続いて、苦しくなって、ほんとにたどり着けるのかなって焦ったりもするけど。

でも、この先に、何が待ってるのか。どんな景色が見えるのか。それが知りたいから。

だから登るんだ。

その苦しみもまた、恋なんだ。

◇

約二時間後、俺たちは連絡を取り合って、中腹の四ツ辻で合流した。

四ツ辻は開けた高台になっていて、食事や甘味が頂けるお茶屋さんがあり、大勢の観光客が店先のベンチに座って休憩している。

「ニコル、下にはいなかった……」

「本殿の方と、分かれ道と、お茶屋さんの方と、三人で手分けして捜して、駅の方まで行ったんだけど」

月愛と黒瀬さんが報告してくれる。下から登ってきたばかりなので、まだ息が整っていない。

「上にもいなかったよ……。滝の方まで行ってみたけど、どこにもいなかった」

ニッシーも疲労感溢《あふ》れる様子で言う。

「俺たちも、三ツ辻《つじ》の分かれ道の方まで行ってみたんだけど……」

成果が得られなかったのは、みんなと同じだ。

「ニコるん、どこ行っちゃったんだろ……」

谷北さんが悄然《しょうぜん》とつぶやいた。

そこで、月愛がふと気がついたようにスマホを取り出す。

「先生に、連絡した方がいいよね。あとで怒られるかもしれないけど……」

「そうだね。何かあってからじゃ遅いし」

俺の後押しで、月愛は旅のしおりを取り出す。最後のページに書いてあった先生の携帯番号を入力するためだろう。

「じゃあ、うち、ニコるんにもう一回電話してみよ」

谷北さんも、そう言ってスマホを取り出したのだが。

「ってあーっ、ここ圏外じゃん！　やっぱ格安スマホって電波ゴミすぎ～！」

画面を見て、盛大に歯噛《はが》みした。

「わたしのスマホ貸してあげようか？」

「ありがと、マリめろ……って、ダメだ。うちLINEばっかで、ニコるんのキャリアの番号知らないよ」

踏んだり蹴ったりな谷北さんだ。

「090－○○○○－○○○○」

すると、ニッシーが何かの番号をすらすらと口にした。

「えっ、すごい仁志名くん。それニコルの番号だよ」

しおりをめくっていた月愛が、驚いて顔を上げる。

「えっ、マジ⁉　てか、ルナちも番号暗記してるの？」

「あは。夏休み、ひいおばあちゃんちの家電から毎晩かけてたから」

「あー、スマホ壊れてたときね」

千葉のサヨさん宅にお世話になり、真生《まお》さんの海の家で月愛と一緒に働いたことが、こんなときだけどなつかしく思い出される。

「ニッシーも、家電から鬼ギャルにかけてるのか？」

そこで、イッチーが不思議そうに尋ねた。

ニッシーは、不貞腐《ふてくさ》れたように首をすくめる。

「……毎晩、今夜こそ電話かけてみようかなって、教えてもらった番号見てたから」

ニッシーは、本当に山名さんのことが好きなんだ。

そのことが伝わってきて、苦しくなった。

「あーやっぱダメだ」

谷北さんが黒瀬さんのスマホから山名さんにかけても、やっぱり通話先の電源は入っていなかった。

そんなとき、俺のスマホに再び電話がかかってきた。

関家さんからだ。

「山名、見つかった？」

「いえ……まだです」

月愛の先生への電話が終わったのを確認して、俺はスピーカーモードに切り替える。みんなからの報告を直接聞いてもらおうと思ったからだ。

関家さんは移動中みたいで、電車の走行音のような音が入っている。電車の中からかけてくるなんて、よっぽど心配しているのだろう。

「そうか……。今日の自由行動の予定は？」

現状の報告を聞いて、関家さんが尋ねた。

「えっと、伏見稲荷のあとは、嵯峨野に行って、お昼を食べて、お寺を巡って……」

スマホ画面の上部には12：03と表示されている。もうそんな時間なのか。

「じゃあ、山名はもう嵯峨野にいると思う」

関家さんが言った。

「あいつは、根は真面目なんだ。ちょっと一人になりたかっただけで、今日の予定全部すっぽかすようなやつじゃない」

「えっ、でも……」

「あっ、そういえば」

俺の言葉を遮ったのは、ニッシーだ。

「笑琉、嵯峨野で『八方睨《はっぽうにら》みの龍見るのが楽しみ』って言ってた」

電話の向こうにも聞こえるように、ニッシーは明瞭に言う。

「『全方向にメンチ切ってるんでしょ？　中学の頃のあたしみたいじゃん』って笑ってた」

「あっ、確かに言ってた！　ニコル、嵯峨野めっちゃ楽しみにしてたし」

月愛が、希望を見出《みいだ》したように両手を合わせる。

「じゃあ、とりあえず嵯峨野行こ！　善は急げやんな」

谷北さんが締めて、俺は関家さんとの通話を切った。

「じゃあ……」

みんなで下山する流れになったとき、俺のスマホにもう一度関家さんから着信があった。

「はい、もしもし？」

今度はスピーカーにせずにスマホを耳に当てると、関家さんの訝《いぶか》しげな声が聞こえてくる。

「さっきの誰？」

「えっ？」

「龍がうんぬんって言ってたやつ」

「あっ、ニッシー……仁志名蓮。俺の友達です」

「山名と、仲良いの？」

関家さんは、淡々と質問を重ねてくる。

「えっ？　……な、仲がいいというか……仲良くなりたいと思っているというか……」

ニッシーの気持ちを知っていて嘘《うそ》をつくわけにもいかず、まどろっこしい返答になってしまった。

「山名に彼氏いるのを知ってて？」

「は、はい……」

「……ふーん……」

その声色は普段とそう変わらないけれども、内心面白くはないだろうなと思って、勝手に萎縮してしまう。

「な、なんかすいません……俺の友達が……」

「これから嵯峨野行くんだろ？　見つかったら場所教えて」

「は、はい。わかりました」

関家さんは別に怒っている様子ではなかったが、気まずい俺は手短に答えて電話を切った。

俺たちはもう、山を下り始めていた。

清《さや》かな水音がして見ると、岩壁に水が這《は》うように流れている。真昼の光を乗せて宝石めいた煌《きら》めきを擁するそれは、まるで天上の光景のように見えた。

霊験《れいげん》あらたか、なんて言葉を聞いても、今までピンと来たことはなかったけど。この山を歩いていると、確かにそこらじゅうに神霊が宿っているような感覚になる。

再び山道に入ると、冷気を孕《はら》んだ風が背中をゾクッとさせ、辺りの木々の葉が細波《さざなみ》のように揺れて、心をざわつかせた。

こんな山で人がいなくなったら、神隠し、なんてことまで考えてしまいそうだ。

「……どうしよう。ニコル、無事かな」

鬱蒼としたでこぼこの下り道を注意深く歩きながら、月愛が俺の隣にやってきた。

「心配だよ……」

そうつぶやく顔は、少し青ざめて見える。

「ああ見えて、そんな鬼メンタルじゃないんだよ、ニコル。中学のとき、親の離婚のストレスで、一日でピアスの穴十個開けたことあるんだって。今は塞がってるのもあるみたいだけど」

「十個……」

単純計算で片耳五個ずつ。想像しただけで耳たぶが痛くなった。

「スマホの電源まで切っちゃうなんて……。まさか、変なこと考えてないよね……あっ！」

そのとき、月愛が何かにつまずいた。親友の安否が気になって、足元への注意が散漫になっていたのかもしれない。

思わずその腕を支えた俺は、そのまま月愛の手を取る。

「……！」

月愛は少し身を硬くしたが、叫んで飛《と》び退《の》いたりはしなかった。

月愛としっかり手を繋《つな》いで、俺は山道を下りていく。

久しぶりに感じる、月愛の掌《てのひら》の温かさに、こんなときだけど胸が熱くなる。

「大丈夫だよ」

俺は心からそう言った。

「山名さんは嵯峨野にいるよ。山名さんが大好きな関家さんが、そう言ってるんだから」

つっかえそうになりながら、胸の内にある言葉を懸命に紡《つむ》ぐ。

「だから大丈夫」

もう一度そう言って、包み込むように握った月愛の手に、そっと力を込めた。

「リュート……」

俺を見上げる瞳には、涙が浮かんでいた。俯《うつむ》いたらこぼれそうなそれをまつげの奥に湛《たた》えて、月愛は前を見る。

「そうだね。そう信じる」

つぶやいた彼女が、再び俺を見つめる。その顔に、かすかな微笑が浮かんだ。

「ありがとう、リュート」

今度は月愛の方から、俺の手に力が込められた。

思わず、胸がいっぱいになって。

ほんの一瞬だけ、山名さんのことも、修学旅行のことも忘れて……。

手の中の温《ぬく》もりだけを感じて、ひたすら下り道を進んだ。

◇

嵯峨野に到着した頃には、もう三時を回っていた。電車の乗り換え待ちのときに売店で買ったおにぎりで昼食を終え、俺たちは本日最後の観光地にたどり着いた。

嵯峨野では、訪れる予定だった寺院などが五箇所ほどあったが、終了時間も迫っているので、手分けして、捜索を兼ねた観光をすることになった。

俺と月愛、黒瀬さんと谷北さん、イッチーとニッシーの三組に分かれ、都度連絡を取り合う約束で解散した。

俺と月愛は、例の「八方睨みの龍」がある大本命、天龍寺に向かった。

瓦の載った立派な門を入り、石でできた広い参道を歩いていくと、手前に小さめのお堂がある。そこが、天井に例の龍が描かれている法堂《はっとう》だ。

並んで中に入ると、すぐに山名さんがいないことはわかった。堂の中には天井を見ている人しかいないし、一度に何十人も入れるような広さもないので、いつまでも留《とど》まっていられる場所ではない。

八方睨《にら》みの龍は、墨で描かれた壮麗な画風の日本画で、どの方向に行ってもこちらを睨んでいるように見える龍は、確かに厳かな凄《すご》みを感じさせるものがある。

初めて山名さんと話した日、ファストフードで対面した彼女の鋭い視線を、少し思い出した。

「行ってみようか」

「……本堂、見に行こ」

月愛は、親友がいなかったことに落胆しているようだった。

俺たちは、言葉少なに法堂を後にして、次なる見学場所へ向かった。

そして、求めていた人影に出会った。

俺たちが入ったのは、大方丈《だいほうじょう》と呼ばれる大きなお堂だった。特別名勝にも登録されている日本庭園の前に建つ大方丈は、庭を見渡せるようにするためか、開放的な造りになっている。畳敷《たたみじき》の広い室内はほとんど立ち入り禁止になっていて、観光客は、その周りの広縁を見て回ることになる。板張りの床の感触を靴下越しに感じながら、庭園に面した側の広縁にやってきたとき、俺たち二人の足が止まった。

庭園に向かって足を投げ出すようにして座り、両手を後ろについて庭の景色を見ている、星臨高校の女子生徒……その髪色や制服の着こなしを見れば、背後からでも山名さんだとわかる。

目の前には、緑の木々を抱く嵐山《あらしやま》の大景と、種々の木々や岩に囲まれながら、どこか閑寂たる雰囲気を漂わせる広い池。

日本庭園と、お寺の広縁と、ギャル。

違和感しかない組み合わせだが、それよりも捜し人に出会えた感動の方が大きくて、思わず「あっ！」と叫びそうになった。

「あっ！」

実際に叫んだ月愛が、信じられないような顔で俺に振り向く。

「ニコル……いた……！」

駆け寄る月愛に、山名さんが気づいてこちらを振り向く。

「………」

俺たち二人を見て、山名さんは少し笑った。打ちひしがれたような微笑だった。

「龍見た？　確かにいいメンチだったわ」

「ニコル……」

月愛が脱力したように、その隣に座る。

「よかった……ニコル……」

涙目でつぶやいて、山名さんに抱きつく。山名さんは目をつぶって、親友を抱きしめた。

そんな二人の傍《そば》にしゃがんで、俺はグループのみんなと関家さんにLINEで報告した。お堂で電話するのは気が引けたからだ。

「……あたし、三月中旬になるの、ほんとに楽しみにしてたんだ」

二人が落ち着いて身を離してから、山名さんが言った。

「センパイと一日中一緒にいたい……センパイとデートで行きたい場所もいっぱいあった。それも全部、一年後まで持ち越しなんだよね。そう思ったら絶望がすごくて……」

月愛は眉根を寄せて、つらそうな顔で聞いている。

「十一月から今までが四ヶ月。それでもこんなにしんどかったのに……まだあと一年あるんだよ。こんな我慢を、今までの三倍もの時間、しなきゃいけないんだよ……。そう思ったら、マジでムリってなって……」

唇を噛《か》み締《し》めて、山名さんは俯く。

「でも、別れるのはもっとやだ……センパイの彼女でいたいけど、会えない生活もやだ……。あたしのこの気持ちは、ただのワガママでしかないから、センパイにぶつけたくなくて……でも、気持ちはそれしかないから、何も言えなくて……もう電話切るしかなくて」

それは関家さんから連絡をもらったときの述懐なのだなと、遅ればせながら気づいた。

「一緒にいられないのに、センパイの声聴いてるとつらくて……。メッセージも、着信が入るのもつらくて、スマホ切っちゃった……。どうしていいかわからないけど、しばらく一人になりたくて……。でも、みんなに迷惑かけられないって思って、今日の最後の観光場所のここへ来たけど……迷惑かけたよね、やっぱり」

山名さんの顔が歪《ゆが》んで、泣きそうな表情になる。

「ごめんね。あたし、バカだから……こんなときどうしていいかわからなくて……バカなことして、結局みんなに迷惑かけちゃったよ……」

その両目からポロポロと涙が零《こぼ》れた。

「だいじょぶだよ、あたしたちは」

月愛も涙目になりながら、通り過ぎる人々の目から親友を隠すように身を寄せ、その背中をさする。

次々溢《あふ》れる涙を指で拭い、山名さんはつぶやく。

「一番ガッカリしてるのはセンパイなのに……『待ってるからもう一年頑張って』って、すぐに言ってあげられなかった自分がやだ……。センパイの前では、いい彼女でいたいのに」

「ニコル……わかるよ。つらいよね」

そうして、月愛が山名さんを慰めていたときだった。

「ニコるん！」

谷北さんと黒瀬さんがやってきた。俺からの連絡を受けて、駆けつけたみたいだ。

少し遅れて、ニッシーとイッチーも。

「笑琉……よかった」

ニッシーは、山名さんを見て安心した顔をする。

「みんな、ごめん。あたしのせいで、今日の予定がめちゃくちゃになったよね……」

山名さんはもう落ち着いていて、心から反省した様子だった。

俺たちは、邪魔にならないように庭園見学の順路に回って、庭園を端から眺められる落縁の下のベンチに座っていた。さすがに全員は座れないので、あとから来たイッチー、ニッシーは立っている。

もう最終受付の時間が近いので、やってくる観光客はまばらだった。おかげで、それほど人目を気にすることなく集まっていられた。

「大丈夫だって！　いちおー嵯峨野で行くはずだった場所には誰かしら行ったし。だから、ちゃんとまとめられるよ」

谷北さんが明るく答える。学習旅行という名目だけあって、修学旅行が終わったら、事前学習で作ったノートに、実際に現地に行った感想や気づきをまとめることが、春休みの宿題になっている。嵯峨野は正直みんな観光どころではなかったと思うが、確かに行ったことは行ったので、どうにかなるだろう。

「それより、笑琉が無事でよかった」

ニッシーが言って、月愛たちが頷《うなず》く。

「蓮……」

山名さんが、ニッシーを見つめて、そっと微笑《ほほえ》んだ。申し訳なさそうな、感謝するような微笑だった。

そのとき、視界の隅で人影が立ち止まったので、何気なくそちらを確認した。

そして、視線が動かせなくなった。

信じられない。

なぜここに？

けれども、どう見たってそれは……関家さん本人でしかなかった。

関家さんは、いつもの感じの私服に、斜めがけのボディバッグひとつを身につけ、実に軽装だった。俺と目が合うと、少し気まずそうに会釈《えしゃく》する。

俺があらぬ方向に釘付《くぎづ》けになっているのを見て、月愛や、他のメンバーも、次々に俺の視線の先を辿《たど》る。

「ええっ⁉」

月愛が口元を押さえて、悲鳴のような声を上げた。続いて、おそるおそる振り向いた先は……もちろん山名さんだ。

「センパイ……？」

山名さんは、茫然《ぼうぜん》とした顔をしていた。何が起こったのか、これが現実なのか、わからないといった表情だ。

関家さんは、そんな彼女を見つめて、ばつが悪そうに微笑した。なんと声をかけていいかわからないようで。

「……よぉ」

男友達に言うみたいな、軽めの挨拶をした。

それを聞いた瞬間、山名さんは目を見開いて立ち上がる。

そして、弾《はじ》かれたように関家さんに駆け寄り……二人は抱き合った。

「センパイ……！　ウソ……ほんとに⁉」

彼氏の腕の中にいながら、山名さんはまだこの状況を信じられずにいるようだ。

「ごめん、山名」

山名さんの首筋に顔を埋《うず》めるように、関家さんは強く彼女を抱きしめる。

「ホワイトデーまだだったよな。こんなお返しになっちゃって、ほんとにごめん」

山名さんは、関家さんの胸に顔を押しつけたまま、首を左右に振る。

「センパイに会えたのが、あたしにとっては一番のプレゼントだよ……」

涙の滲《にじ》む声で、山名さんは幸せそうにつぶやく。

そんな彼女を、関家さんはさらに強く抱いた。

「ほんとにごめん……笑琉」

それを聞いた山名さんの目から、一筋の涙が零れた。それが嬉《うれ》し涙に相違ないことは、その表情が物語っている。

「…………」

俺はおそるおそる、ニッシーを見た。顔を動かさず、見たことを極力気取られないように。

ニッシーは俯《うつむ》いて、両手の拳を握りしめていた。

ふと風がそよぎ、嵐山の木々が一斉に揺れる。庭園の木々も揺れ、池の水面に波紋がさざめく。

壮麗な庭園を前にして抱き合う山名さんと関家さんの姿は、背景のせいか、まるでドラマのワンシーンのように見えた。

俺は周りを見る。

月愛は瞳を熱く潤ませ、感動の面持ちで親友を見守っていた。

黒瀬さんと谷北さんは、憧れるような、どこか寂しそうなまなざしを二人に注いでいる。

イッチーは、手持ち無沙汰な様子でスマホを見ていた。

そのとき、ニッシーが動いた。とにかくその場から離れたいというように、庭園を足早に通り過ぎていく。

「ニッシー？」

イッチーが声をかけるが、ニッシーは振り向きもせずに歩いていく。

思わず、俺はそのあとを追った。

ニッシーは、左に見える庭園には目もくれずに、ずんずん進んでいく。大方丈の前を通り過ぎて、それより小さな書院も横切り、庭の中を通る細い道を歩いて北門を出た。入ってきた方とは逆方向の、小さな出入口だ。

天龍寺を出ても、ニッシーは足を緩めなかった。その先に、青々と茂る竹林が現れる。

「わぁ……」

嵯峨野の竹林といえば、来る前から映像や写真で散々目にしていた。それでも、間近に見ると圧倒されてしまった。

地上を照らす最後の日光が、両側から生え競う竹の間をさらさらと通って、地面に降り注いでいる。

目に映る限り、竹の青。

どこまでも清閑なる道。

そんな中を、ニッシーは歩く。少し遅れて、俺も行く。

竹林を過ぎても、ニッシーは歩みを止めなかった。

寺社はどこも受付終了を迎える時間帯で、畦道《あぜみち》めいた田舎道に人の姿は少ない。

道がわかっているのかいないのか、俺がついてきていることを知ってか知らずか、ニッシーは迷いなくずんずん進む。その小さい見慣れた背中に、今はなぜか声をかけられなくて、俺はただひたすら後ろをついていった。

どれくらい歩いただろうか。三十分か、もしかしたら小一時間くらい歩いていたかもしれない。空は日没を迎え、急速に色を失いつつある。

広く寂しい野原が広がる、見通しのいい小道で、ニッシーが立ち止まった。数メートル離れて、俺も足を止める。

野原の向こうには木々が茂り、その向こうに山が見える。道にあるのは、民家なのか寺社なのか、一、二階建ての日本家屋が数軒だけで、見渡す限り、森閑とした自然が広がっていた。

「……昨日、絵馬に書いたんだ。『笑琉と付き合えますように』って。全然効き目なかったな」

ニッシーは、俺に背を向けたまま話し始めた。

「笑琉、クッキーくれたんだ。手作りじゃなかったけど、ホワイトデーのお返しだって。そんなんで期待して、舞い上がってた俺って、バカみたいだよな」

やはり、俺がついてきていることに気づいてはいたのか。そんなことを考えながら、俺はニッシーの言葉を聞いていた。

ふと、関家さんからの電話を思い出した。電車の走行音がやたら大きく聞こえたのは、新幹線だったからか、と今頃になって思った。

「彼氏だったら、手ぶらで来たって、あんなに喜ばせられるのにな」

何か言ってあげたいけど、気の利《き》いたセリフが浮かばない。考えているうちに、ニッシーは再び語り始める。

「ちょっと前までの俺は、誰でもよかったんだ。可愛《かわい》い女の子だったら、誰でもいいから付き合いたかった」

そう言って、ニッシーは肩を落とす。

「なのに、なんでなんだろうな……。もう駄目なんだ。笑琉じゃなきゃ……他の女の子には、もう心が動かない」

ニッシーが少し振り向いて、横顔が見える。その表情は、やるせなさに満ちていた。

「笑琉も、きっと同じ気持ちなのかもな。『センパイ』に対して……」

諦めのような自嘲のような、見ていてつらくなる微笑を浮かべて、ニッシーは言う。

「『俺じゃダメ』じゃないんだよな。きっと……『センパイじゃなきゃダメ』なんだろうな」

そうつぶやく顔にも、山名さんへの気持ちが溢《あふ》れている。

「前までの俺に戻りたいよ。記憶を消して、笑琉を好きになる前に戻りたい」

「……それでいいの？　本当に」

訊《き》いた瞬間、野暮な問いだと思った。

俺が、万が一、この先月愛と何かあったって、月愛を好きだった気持ちごと忘れたいとは思わないように。

忘れたくないし、忘れられたら苦労しないんだ。

一陣の風が起こり、山の木々が、野原の下草が、ざわめくように一斉にそよぐ。

気がつけば辺りはもう薄暗く、すべての風景が明瞭な輪郭を失いつつあった。木々が、田園が、道が、そこを歩く遠くの人影が、空よりも早く闇に溶けていく。

こんなに不安な気持ちになる日暮れは初めてかもしれない、と思ってから、辺りに街灯が見当たらないことに気づいた。

逢魔時《おうまがとき》、という言葉が脳裏に浮かんだ。自分の中の本能が、闇への恐れを感じている。

原始の夕暮れだ。

これからきっと、この地には本物の夜がやってくる。

無性に、月愛に会いたくなった。

だが、ニッシーは薄暗い道端から動こうとしない。

声をかけようとした瞬間、ニッシーが口を開いた。

「誰にも必要とされてない俺なんか……このまま夜に呑《の》み込まれて、消えちゃえばいいのにな」

ぽつりと、打ちひしがれたようにそうつぶやく。

「ニッシー……」

ニッシーは必要とされてなくなんかない。俺の数少ない大事な友達で、この世に一人しかいない大切な存在だ。

でも、ニッシーが今欲しい言葉は、きっとそんなのじゃない。

今のニッシーにとっては、山名さんが世界のすべてで、山名さんに求められないなら、その他のことは全部どうでもいいことなんだ。

俺だってそうだ。

もし今、月愛が目の前からいなくなってしまったら、世界が終わったも同然だ。

だからわかってしまった。今のニッシーに、俺から言えることなんて何もないって。

「……背ぇ高かったな、あいつ」

再び、ニッシーがつぶやいた。

関家さんのことだな、と思った。

「医者目指してるんだって？　親も医者なんだろ？」

「……そうだね」

「何か一個でも、俺が勝てるとこってあるのかなぁ……」

「…………」

勝ち負けなんて決められないけど、俺はニッシーのいいところをいっぱい知っている。

感受性が豊かで傷つきやすくて、その分人見知りで自分の殻に閉じこもりやすくて。でも面白いことが大好きで、好奇心と警戒心がいっぱい詰まった大きな瞳で、世界をちょっとだけ斜めから観察してる。俺にも通じるものがあるからわかる。だから友達なんだ。

関家さんとは違うけど、俺は二人とも好きだ。山名さんだって、そう思っているから、ニッシーと友達でいるのだろう。

でも……彼女にとって、恋愛的な意味でニッシーがどうなのかは、俺にはわからない。

そして、今のニッシーにとってはそれこそが重要なのだから、滅多な慰めなんて言えなかった。

「……早くホテル帰って、今日のKENの動画見ようよ」

結局、俺が口にできたのは、そんなふざけた言葉だけだった。

それでも、もしかしたらニッシーには、俺の気持ちが伝わったのかもしれない。

「……そうだな」

振り向いたニッシーが、俺を見て微笑《ほほえ》んだ。

そうして、寂寞《せきばく》とした薄暮の田園風景を、ニッシーと二人、言葉少なに歩き始めた。

第三・五章　女子部屋の恋トーク

「あ～もうセンパイ最高なんだけど！　あたしがいなくなったの聞いて、心配で京都来てくれたんだって！　先生にめっちゃ怒られたけど、センパイに会えたから全然耐えれた！」

その晩、消灯時間後の女子部屋では、布団《ふとん》に抱きついて悶《もだ》える笑琉《にこる》の姿があった。

「あ～もっと一緒にいたかった～～！」

「明日《あした》また一緒にいられるじゃん？　関家さんも泊まってってくれて、よかったね」

隣の布団に寝ている月愛《るな》が、そんな親友を微笑ましげに見て言う。

「でも明日まで寂しい～～」

そんな笑琉を見て、向かい合わせの布団にいる朱璃《あかり》が顔を上げる。

「ニコるんも結局ラブラブじゃーん！　あ～～いいな～～うちも彼氏欲しい！」

「え、珍しい」

「アカリがそんなこと言うなんて」

「じゃあ、今夜は恋バナいっちゃいます？」

笑琉の号令で、向かい合わせに二・二で布団を敷いていた女子部屋の四人は、布団の上にうつ伏せに寝そべり、顔を寄せる形で集まった。

「だってさ、もーうちだけじゃん。彼氏いないの。みんながイチャイチャしてるの見たら、正直羨ましいよ」

「わたしも彼氏いないよ」

朱璃の隣の海愛《まりあ》が、遠慮がちに自己申告する。

「マリめろは、作ろうと思ったら明日にだって彼氏できるでしょ！　もしかして、理想が高すぎるとか？　頭も顔も良くて背が高くて、完璧超人みたいな男としか付き合わないって思ってる？」

「そんなことないよ」

と、海愛は淡く微笑む。

「わたしが前まで好きだったのは……普通の人だった」

なつかしむような微笑で、ぽつりと言った。

「でもその人、彼女がいたんだよね」

月愛の顔が曇るが、それに気づかない朱璃が「えー」と声を上げる。

「マリめろなら、普通に略奪できそうやんな？　男子はみんな、マリめろみたいな子が好きなんだから」

海愛は微笑んで首を振る。

「ううん。その人にはフラれちゃった。彼女のことが大事だからって」

「えーマジ」

「でも、全部終わってから気づいたの。思えば、わたしが好きになったのは、彼女を大切にしてる彼の姿だったって」

月愛がせつなげな顔で見守る中、海愛は訥々《とつとつ》と語る。

「彼女が羨ましかった。わたしも、たった一人の男の子から、こんなふうに愛されたいって思って、彼女を想《おも》う彼の愛に憧れて……気がついたら、どんどん好きになってた。でも、それって健全な恋じゃないよね」

そう言って微笑む海愛の顔に、強がりのようなものは微塵《みじん》もない。

「だから次は、わたしと相手だけの……本当の恋をしようと思う」

その言葉に、月愛も微笑んだ。

「ほんとの恋……って、なんだろーね」

笑琉が、ふと物思いに沈んだようにつぶやいた。

「ニコるんは、どうやってセンパイを好きになったんだっけ？」

「ん？　卓球部に入って、先輩たちに最初に挨拶したときから、わりとタイプだと思ったんだよね。話してみたら面白いし、ノリも合うし、どんどん好きになってった感じかなー」

「えーすごい！　それって運命の相手ってやつじゃん⁉」

「だといいなって、思ってるけど」

「え〜いいなー！」

朱璃が羨ましさ全開な声を上げる。

「あ〜どこにいるんだろ、うちの運命の人は！」

「伊地知《いじち》くんじゃないの？」

月愛に言われて、朱璃は百面相をする。

「だ、だからムリだって〜！　うちから告白なんて絶対できないし、見てるだけで満足的なところあるし！　憧れと恋愛は別っていうかー」

「そんなこと言ってるうちに、伊地知くん、他の女子と付き合っちゃうかもよ？」

「ムリ〜それもムリ！　他の女のものになるなんて耐えられない！」

「じゃあ、あんたが付き合うしかないって。よく見たらあの男、顔もそんな悪くないし、背ぇ高いし、オタクっぽいからしばらくは女子も寄ってこないかもしれないけど、あれはそのうち他の女に持ってかれるよ」

「何それムリ〜〜考えただけで死ねる〜〜！」

「じゃあ、早く行きなよ」

「ムリ〜〜！　伊地知くんの運命の相手は、絶対うちじゃないもん〜〜」

朱璃は枕に顔を埋《うず》め、布団の上で足をバタバタさせる。

「……っていうか『運命の相手』って、最初から決まってるものなのかな？」

そのとき、月愛が言った。

「最初は『ちょっといいな』くらいでも、お互いに『この人だ』って決めて、二人で大切に気持ちを育てたら……初めはすれ違ったり、上手《うま》くいかなかったりしても、いつか……それが本物の恋になる気がするんだよね。二人が歩み寄って、だんだんと……お互いの『運命の相手』に成長していくっていうか」

月愛の恥ずかしそうな、幸せそうな微笑を見て、笑琉たちは顔を見合わせる。

「……それは、ノロケってことでだいじょぶそ？」

「これだから彼氏持ちってヤダ〜〜〜〜！」

「ちょっと朱璃ちゃん、さっきから声大きいって。先生来ちゃうよ？」

海愛の言葉に、朱璃が今さらのように口を押さえる。
けれども、誰も来ないのを確認すると、安心した顔になって。
女子部屋のおしゃべりは、まだまだ止まりそうになかった。

第四章

次の日は、朝から大阪に移動した。団体行動で大阪城を観光してから解散し、午後はグループごとの観光だ。

俺たちのグループは、なんばへ移動してお昼を食べ、道頓堀や心斎橋をブラついてから、通天閣を見学してホテルへ向かう予定になっていた。

先生たちが「学習旅行」として重視しているのは京都だけらしく、大阪と神戸《こうべ》は「ザ・観光」みたいなルートを組んでいる生徒が多い。さすがにテーマパークを希望した人たちは却下されていたけど。

「ね〜見て見て、グリコ！」

「ルナ、それじゃ『命』のポーズ」

「えっ⁉」

「手はもっと上げるんだよ、ルナちー！」

「うふふ、月愛《るな》の『命グリコ』撮っちゃった♡」

「あっ、やめて海愛《まりあ》～！　撮り直して～！」

道頓堀の戎橋《えびすばし》でお決まりのポーズを撮ったあと、俺たちは近くのお好み焼き屋さんに入った。

そして今、鉄板つきのテーブルの前に座って、目の前でお好み焼きを焼いてくれる店員さんのコテ使いに見入っている。

二人を除いて。

「ねーねーセンパイっ、いつまでこっちにいられるの？」

「まぁせっかくだし、明後日《あさって》までいるよ。気分転換にもなるし」

「マジ⁉　ちょー嬉《うれ》しい！　でもホテル代だいじょぶ？　帰りの新幹線代もあるし、着替えとかも買ってるのに」

「クレカ持ってるから。あんま使いすぎるとオヤジに怒られるけど」

「えーすごい、センパイってばオトナー♡」

テーブルの端では、山名《やまな》さんと関家《せきや》さんの二人ワールドが展開している。

山名さんは、隣の関家さんの腕にしがみつくように抱きついて、お好み焼きには目もくれていない。関家さんとは、さっきグループ行動になったときに合流した。

「…………」

ニッシーが心配だ。今はイッチーとお好み焼きを見ているけど、山名さんたちのことが気になっていないはずはない。

俺たちは、六人用のテーブル席に八人で座っていた。正直ぎゅうぎゅうだ。予約のできない人気店で混んでいるので、ソファ形の席なら詰めればなんとか行けるのではと、この席が空いたときに窮屈を承知で通してもらった。

「だ、大丈夫？　月《る》……座れてる？」

俺は、仲間の目を気にしながら、隣の月愛に声をかける。俺たちが座っている側にはイッチーとニッシーがいるので、女子が三人の向かいの席より狭いに違いない。

「う、うん、だいじょぶ……」

月愛は、一旦そう答えたものの。

「……もうちょっと、行っていい？」

と、俺に身を寄せてきた。

「う、うん、もちろん……」

平静を装《よそお》う俺だが、月愛と腰が触れ合う感触にドキリとする。腕も、動かそうとするたびに触れ合う。俺がもうちょっとイッチーの方に詰めればいいのかもしれないけど、それはなんとなくできなくて、じっとしていた。

鉄板の上では、お好み焼きが着々と完成に向かっている。今は生地に銀色のドーム形の蓋が被《かぶ》せられて、蒸し焼きになっているところだ。

鉄板からの熱気なのか、月愛の温《ぬく》もりを感じているためか、顔が熱い。隣をそっと見ると、月愛も赤い顔をしていた。

ジューというお好み焼きの焼ける音に、ますます身体《からだ》が熱くなる。半身の感覚が、月愛でいっぱいだ。

気を逸《そ》らそうと、俺は向かいの席にいる谷北《たにきた》さんに向かって口を開く。

「そ、それにしても、すごくいい感じのお店だね。何で見つけたの？」

このお店は、谷北さんが「お好み焼きなら美味《おい》しい店がある！」と連れてきてくれたところだ。

商店街の中にある店で間口は狭く、店内は常に満員で、活気がある。店員さんは職人気質で黙々と手際《てぎわ》良く調理してくれて、味にも期待ができそうだ。

「あ、ここね、中学の頃に何回か来たんだよね」

谷北さんはあっけらかんと答えた。

「えっ、中学生で大阪まで⁉」

「アカリ、関西出身のアイドルグループのファンだったんだよね」

と月愛が口を挟む。

「そー！　ライブとかこっちでしかやらないこと多かったから、夜行バスで遠征してたんだよね」

「す、すごいね。中学生で遠征とか……」

「うん、超ハマってたからねー。関西弁もめっちゃ練習したし」

「それで朱璃《あかり》ちゃん、時々関西弁みたいの交じるんだ」

黒瀬《くろせ》さんが、納得したような顔で言った。

「『～やんな？』ってやつでしょ？　あたしも気になってアカリに訊《き》いたとき、教えてもらったんだー」

月愛が言って、黒瀬さんと目を合わせて微笑《ほほえ》む。もうすっかり仲良し姉妹の雰囲気だ。

「できました」

そのとき、お好み焼きが完成して、店員が声をかけてきた。何種類かのお好み焼きを頼んでいた俺たちは、切り分けてみんなでシェアして食べた。

「うまー！　めっちゃ美味しい！」

「でしょ？　山芋が入っててふわトロなんだよね」

大きなリアクションで感激する月愛に、谷北さんは得意顔だ。

「センパイっ、あーん♡」

山名さんは、関家さんにお好み焼きを食べさせようとしている。

「あっつ！　まだ熱いって」

「あっ、ごめーん！」

山名さんが慌てて小コテの上をフーフーし直して、関家さんに食べさせる。

「センパイも、あたしに『あーん』して♡」

「えっ、おま……友達の前で恥ずかしくないの？」

「でも、東京帰ったらまた会えないじゃん？　みんなわかってくれてるから」

一気にしゅんとしてしまった山名さんを見て、関家さんも観念して、箸代わりのコテを取る。

「あーん♡」

自分で言いながら口を開ける山名さんに、関家さんがお好み焼きを食べさせてあげる。

山名さんが嬉しそうなのはもちろんだが、関家さんも優しい顔をしていた。予備校にいるときには見ない表情なので、微笑ましいような、あまり見てはいけないような気になって、視線を逸らす。

と、隣の月愛の横顔が目に入った。

月愛は、目の前の二人を見て、食事を中断し、羨ましそうに目をとろんとさせていた。口も開いてしまっている。

「…………」

俺は、自分の口に運ぼうとしていた小コテを持つ手を止めた。

「……る、月愛？」

小声で声をかけると、月愛はハッとしたようにこちらを見る。

「はぇ⁉」

「……よ、よかったら……俺たちも、やってみる……？」

恥ずかしさにためらいながら言ってみると、月愛の顔が一気に輝く。

「う、うん……！」

嬉しそうに、こちらに向かって口を開ける。俺を見つめる瞳は潤んでいて、しどけなく開けられた口は、お好み焼きではないものを求めていそうで……思わず生唾を呑《の》んでしまった。

うっすら思っていたけど、おそらく童貞の勘違いだろうと、心に浮かぶたびに否定していたことだったが。

最近、月愛がエロい。

映画館のときとか、そのあとの帰り道とか、ふとした瞬間の表情に、誘われているような気になることがある。

まあ、こんなぎゅうぎゅう詰めで座っているお好み焼き屋さんで、何か変なことができるわけもなく……俺は普通に、月愛の口にお好み焼きを運んだ。

「おいし♡」

月愛は満面の笑みになる。

相変わらず、お互い身体が触れ合っている。

その部分が、再び熱く感じられ……。

鉄板の熱気でたっぷり汗をかいた水のグラスを取って、溶けかけの氷とともに一息に飲み干した。


「あ、ここは俺が払うよ」

食べ終わって会計の話になったとき、関家さんが言い出した。

「急に押しかけて気遣わせてるし、一回くらい奢《おご》らせて」

「えっ、マジー⁉　関家さん神！」

谷北さんは、即座に大喜びだ。

「じゃあ……お言葉に甘えて、ありがとうございます」

俺たちも、感謝して財布をしまう。

だが、そこで。

「俺は払います。これ、俺の……」

ニッシーだけが、テーブルの上に現金を置く。

「俺と、笑琉《にこる》の分」

見ると、そこには千円札三枚と小銭が並んでいた。

関家さんは、そんなニッシーを見て少し固まっていたが。

「……自分の分だけでいいよ」

二千円を取ると、自分の財布から出した小銭を添えて、残りをニッシーに突き返した。

「…………」

戻ってきたお金を財布にしまいながら、ニッシーは唇を噛《か》んでいた。

山名さんはお手洗いに行っていて、このやりとりを目撃することはなかった。

◇

そうして、その日の観光はつつがなく終わり、俺たちは大阪に宿泊した。

翌朝は、ホテルから神戸《こうべ》に出発して、北野異人館街でグループ行動になる。

異人館街は、坂だらけの道に、歴史的風情《ふぜい》のある洋館が立ち並ぶ場所だった。洋館以外の建物も軒並みオシャレで、いかにも女子ウケしそうな「映《ば》える」街並みだ。

「センパーイ♡　あの家ちょーキレイだねー！」

相変わらず、山名さんは関家さんにくっついている。

「ていうか坂キツ～！」

「もう少しだろ。ほら、引っ張ってやろうか？」

「え～～～好き♡」

胸がむしゃくしゃするくらいのバカップルだ。水族館デートのときよりバカ度が増している気がする。

そんな二人を見て、主に山名さんの。月愛はというと。

「…………」

まただ。口を半開きにして、よだれを垂らしそうなほど羨ましそうに見ている。

「……る、月愛？」

そんな顔をされたら、声をかけないわけにはいかない。

「坂、大丈夫？　手、貸そうか……？」

すると、月愛は嬉《うれ》しい顔になって勢いよく頷《うなず》く。

「うんッ！」

犬だったら尻尾がパタパタ左右に振れているくらい、喜色満面だ。

それに照れながら手を出した俺は、月愛に手を取られてから、出した手が右手であったことに気がついた。

「あっ……ご、ごめん」

「ん？」

手を繋《つな》いで坂道を上り始めた月愛は、不思議そうな顔をする。

「それ、右手だったんだけど……」

俺の言葉に、月愛の頬が赤らむ。やはり彼女も、修学旅行前日の帰り道のことを忘れていなかったようだ。

「と、ということで……」

右手を離して、引っ込めようとしたときだった。

「……!?」

すごい力で、手を握られた。

月愛を見ると、真っ赤な顔で俯《うつむ》いている。

「……いい、よ……」

絞り出すように、彼女はそうつぶやいた。

「い……」

いいよ……だと……!?

男子が己の欲望を吐き出すために使う右手で、女子の手を握ることがオッケーだということは……いや、さすがに想像が飛躍しすぎか。月愛が、俺とエロいことするのもやぶさかではないと思っているのかもしれない、なんて。

「………」

月愛は赤い顔のまま、無言で坂道を歩いている。俺の右手を握る力は強い。その顔の赤さが、坂道を上る疲労からなのか、恥ずかしさからなのか、それとももっと別の……興奮によるものなのか。

そんなことを悶々《もんもん》と考えながらたどり着いたのは、丘の上にある異人館「うろこの家」だった。その名の通り、外壁がうろこのような形のタイル（天然石のスレートらしい）で装飾された、豪華な二階建ての洋館だ。

丸い帽子のような屋根を頂くふたつの円塔が、特に目立って美しい。庭もあって、綺麗《きれい》に整えられた植栽と後ろの山の木々に囲まれた、緑豊かな丘の上の邸宅だ。

「わーすごい！　こんな家に住めたらサイコーだね～！」

庭と館の外観をぐるりと見渡して、月愛が歓声を上げる。無邪気で可愛《かわい》いと思う反面、申し訳なさも感じて……。

「……そ、それは、俺の力では難しいかも……ごめん」

「え？」

月愛は俺を見ると、一瞬考えてから、俺の言っていることがわかったように破顔した。

「あ、全然いーよ、言ってみただけだし」

おかしそうに笑ってから、はにかみがちな微笑になる。

「あたしにとって、もっとサイコーなことは……リュートと一緒にいられることだから」

「月愛……」

ドギマギする俺に、月愛はちょっと身を寄せる。

「広すぎない家のが、くっつけるからいいかな」

いたずらっぽく笑う彼女を見て、昨日のお好み焼き屋さんでの密着を思い出した。半身に月愛の感触が蘇《よみがえ》って、身体《からだ》が熱くなる。

ドキドキしながら館内に入り、中の見学を進めた。

階段を上って、二階に行ったときだった。

「見て見てルナち、すごい景色！」

黒瀬さんと並んで窓際《まどぎわ》にいた谷北さんが、振り向いて呼びかける。

「わ〜ほんとだ……！」

月愛は窓辺に向かう。俺も行って、月愛の隣に立った。

坂を延々と上ってきただけあって、窓からの眺めは壮観だった。丘の下の家々から、港の方の高層ビルや、その先の海の景色まで、神戸の街並みを一望できると言っても過言ではないだろう。天気のいい午前中だから、空も青く、最高の眺めだ。

「すごーい！　こんな高かったんだ、この家」

月愛は、感動して窓に張りついている。

「いろんな家が見えるね。不思議〜こんな離れてるのに、なんか街並みは東京みたい」

「そうだね」

「ほんとに住むなら〜、やっぱあーいうマンションかな〜！　あたし、ずっと一階とか二階とかだったから、憧れてたんだよね。海が見える部屋」

港の近くの高層マンションを指差して、月愛が無邪気に笑う。

「…………」

きっと彼女は、これも深く考えていないのだろうけど、ベイビューの高層マンションなんて、首都圏なら相当なお値段だろう。やはり、いい大学に入って、頑張って稼ぐしかない。

「……そういえば、進路希望調査票、なんて書いた？」

ふと思い出したので、尋ねてみた。旅行前あまり会えていなかったこともあって、考えてみたら、ちゃんと聞いていない。

月愛は少し俺を見て、再び窓の景色に視線を移した。

「『考え中』って。でも、進学はしないって書いた」

そう言って、ふと微笑《ほほえ》む。

「あたし、勉強嫌いじゃん？　このまま大きな目標もなく、行けるところに進学したって、高校の延長っていうか、将来の選択の先延ばしになるだけな気がして」

「そっか……」

「リュートがこの前言ってた、関家さんの言葉……すごくグッときたんだよね。『何者かになってみてから、それが合わないと思ったら、やり直せばいい』みたいなやつ」

「ああ……」

やっぱり俺の言葉ってことにしておけばよかった、なんて思ったりして。

「だからあたし、とりあえず、『何者か』になってみようと思うんだ」

俯きがちに微笑んだ月愛は、俺と目が合うと恥ずかしげに逸《そ》らす。

「そう思って、始めてみたことがあるんだけど……っていうか、ちょうど始めたところだったんだけど、さらに勇気づけられたっていうか」

「えっ、何？」

「ナイショ。もうすぐわかるかもよ」

いたずらっぽく含み笑いをする月愛の顔を見て、それがケーキ屋のアルバイトのことだなと察した。

「そっか」

俺は、何も思い当たっていないそぶりで答えた。

「楽しみにしてるよ」

「してて、しててー！」

月愛は嬉しそうに笑う。

そして、窓の外の絶景に、目を細める。

「あたしたち、どんな大人になっても……」

海の向こうに思いを馳《は》せるようなまなざしで、月愛がつぶやいた。

「こうやって……素敵なものを見るとき、いつも一緒にいられるといいね」

少し恥ずかしそうな笑顔の月愛と目が合う。

「そうだね」

心が熱くて、この上なく優しい気持ちになる。

邸宅内には次々に観光客がやってきて、うちのグループのメンバーもみんな辺りにいるけど。

世界中に存在するのは俺と月愛だけみたいな、そんな一瞬の錯覚に陥った。

◇

その後、俺たちはいくつかの異人館を見学して、次の目的地に移動することになった。

「センパーイ♡　サターンの椅子に座って、何をお願いしたー？」

道を歩いているときも、山名さんは相変わらず、関家さんの腕を取ってベタベタしている。

「『来年こそ受かりますように』に決まってんだろ」

「えーそれだけ？」

「……受かったら、笑琉と一緒にいられるようになるじゃん」

「ヤダー♡　センパイ大好きー♡」

彼氏の唐突なデレに、山名さんがメロメロになっていたときだった。

「や、山名⁉　その男は誰だ⁉」

道端に立っていた星臨《せいりん》高校の男性教師が、山名さんを見咎《みとが》めて声をかけてきた。

グループ行動中とはいえ、異人館街解散だったものだから、ほとんどの生徒がそのまま異人館見学に向かうルートを設定していた。そのため、先生たちもこの辺りで見守り待機していたらしい。

「サーセン、センセー！」

「グループ行動中に消えるわ、逆ナンするわ……身だしなみもオール校則違反だし、お前は本当に問題児だな！」

山名さんは慌てて関家さんと離れたが、先生は背後から小言を浴びせてくる。

「今日は油断できないね……」

遠くからの先生の視線を感じ、離れて前方を歩く関家さんを見ながら、月愛が焦《あせ》り顔で親友につぶやく。

「なんなの、ムカつくー！」

山名さんは、後ろを振り返りながらぶつぶつ言う。

「逆ナンなんてしたことないんだけど。ギャルだからって見た目で判断しやがって……彼氏なのに」

そうして俺たちは北野町を出て、昼食のために中華街の南京町《なんきん》へ歩いて向かった。

ところが。

「山名さん、その男の人は誰⁉　学習旅行で逆ナンはダメよ⁉」

肉まんを食べ歩きしていたら、見回りのA組担任に見つかってしまった。

山名さんは、またも関家さんと離れて歩き、南京町を出てから再びくっつく。

「セーンパイッ♡」

だが、海に臨んだハーバーランドで、女子たちがタピオカドリンクを飲みながら歩いていると。

「A組の山名さん⁉　何してるんですか！　まさか逆ナン⁉」

学年主任の先生に見つかってしまった。

「だる……」

三度関家さんと離れた山名さんは、ゾンビのような顔で埠頭《ふとう》を歩く。

目の前には青い海と、停泊している大きな白い遊覧船。シンボル的なポートタワーに観覧車といった楽しげな光景が広がっているが、関家さんとの貴重な逢瀬《おうせ》を邪魔された山名さんには、憂鬱な光景でしかないようだ。

「なんなのもう死にたい……」

「みんな三宮付近で観光してるから、同じようなルートだもんね。先生も来ちゃうよね」

月愛が親友の傍《そば》に立って、とりなすように声をかける。

「こんなことなら、有馬温泉《ありまおんせん》とかにすればよかったかしら？」

「まあ、ルート決めてるときには『センパイ』が来るなんて思わなかったんだから、しゃーないよ」

黒瀬さんと谷北さんも、タピオカを啜《すす》りながら会話に参加する。

「つかさ。なんでみんな『逆ナン』なの⁉ 百歩譲ってナンパで知り合った男と歩いてたとして、あたしが声かけられたとは思わないわけ⁉」

「それは日頃のアグレッシブな生活態度のせいだね、ニコるん」

「あんたに言われたくないわ……毛髪検査の呼び出し常連組じゃん」

「うち、ピアスは開けてないも一ん。ネイルもメイクも、学校では最低限だし」

「まーうちらはギャルだから、なんか問題あると結びつけられちゃうよね」

月愛が明るく笑って、なんとかその場の雰囲気が保たれる。

しかし、山名さんが、関家さんと一緒に居づらくなってしまったことに変わりはない。

「それよりさ、ニコるん、あっちにちょー映えなスポットがあったよ。写真撮ろうよ」

「いーね！　行こ行こ、ニコル！」

「あっちにも『映え』そうなモニュメントあったよ」

「そーなんだ、ありがと海愛！　そっちにも行ってみよ！」

「…………」

女子たちがなんとか山名さんの気分を上げようとしている中、俺は関家さんに近づいた。

ちなみに、ニッシーは今日、ずっとイッチーと行動している。イッチー的にも、谷北さんに絡《から》まれないで済むから有難《ありがた》いみたいだ。二人は今、埠頭の日陰にあるベンチみたいなところに腰掛けている。きっとKENの動画のことでも話しているのだろう。

「なんかごめんな、龍斗《りゅうと》」

俺が近くに行くと、関家さんの方から謝ってきた。

「いえ、こちらこそ……すいません」

関家さんがいつになく申し訳なさそうなので、俺も腰が低くなる。

「せっかくこんな遠方まで来てもらったのに、山名さんとデートさせてあげられなくて

「……」

「いや、俺が勝手に来ただけだし。学校行事で部外者と行動してたら、怒られるのは仕方ない」

どうやら関家さんは、山名さんが落ち込んでいるせいで、グループのムードが暗くなったことを申し訳なく思っているようだ。

「……っていうか、俺が関家さんと話してても、全然注意されないんですね」

先ほど山名さんに注意をした学年主任がこちらを見ているが、何も言いに来る様子はなく、スルーしている。

「まぁ、大方は山名の生活態度のせいだろうな。あとは、男女だと『不純異性交遊』だけど、男同士だから、現地の人と交流してるだけだと思われてるのかも」

「まだまだ無意識の偏見が強い日本社会ですね……」

そんな社会派な会話も嗜《たしな》みつつ。

俺たちは、女子たちが飽きるまで埠頭を散策し、暗くなる前に旧居留地を軽くブラついてから、メリケンパークにあるホテルの部屋に入った。

◇

海の夜景が見えるホテルのレストランで、バイキングの夕飯を終えたあとだった。

「ねぇねぇ、リュート」

解散になって、男子と女子に分かれて部屋に帰ろうとしたとき、月愛から、俺だけがこっそり呼ばれた。

「ん？」

もう廊下に出ていた俺は、イッチーに先に帰ってもらって、レストランの出入口に戻る。

すると、出入口に立った女子メンバー四人が、何やら深刻な顔で俺を見つめていた。

「リュートに、お願いがあるんだけど……」

女子を代表するかのように、月愛は俺に向かって手を合わせる。

「な、何？」

ただならぬ気配に怯《おび》える俺に、月愛はとんでもないことを言ってきた。

「今夜、あたしたちの部屋で寝て欲しいの」

一瞬、何を言われているのか考えてから。

「えぇーっ⁉」

マスオさんのような声が出た。

「な、何言ってんの、じょ、女子部屋でって……」

「しっ、加島《かしま》くん！」

「黙って！」

黒瀬さんと谷北さんに、同時に怒られる。

何も知らない同級生たちが、変な場所で話し込む俺たちをちょっと不思議そうに見ながら、次々に部屋へと帰っていく。

「……あたしたち、ニコルを関家さんの部屋に行かせてあげたくて」

一段声をひそめて、月愛が言った。

「昼間、かわいそうだったから……。今夜が最後の夜でしょ？　せっかく関家さんも同じホテルに泊まれてるし……」

そういえば、空きがあったので同じホテルにチェックインしたと、さっき関家さんから連絡があった。

「加島くんには、ニコるんの代わりに、ニコるんが使うはずだったベッドで寝てて欲しいの」

谷北さんに言われて、俺は目を丸くする。

「な、なんで俺が⁉」

「そりゃ身長・体格的には仁志名《にしな》くんが一番近いけど、彼氏とお泊まりするためのニコるんの影武者役を仁志名くんに頼むとか、鬼畜すぎでしょ」

「た、確かに……」

というか、谷北さんもすでにニッシーの片想《かたおも》いを知ってるのか。まあ、この旅行中だけでも、気づくタイミングは何度もあったもんな。

「伊地知《いじち》くんは、さすがに大きすぎるしね」

月愛が言うと、谷北さんは自分の顔を覆う。

「キャー！　ってゆーか伊地知くんが同じ部屋で寝てるとかムリ！　うちが寝れない！」

「外泊なんて違反中の違反だし、グループ以外の子には協力頼めないものね」

黒瀬さんも考え込んだ面持ちで言う。そういう観点で見れば、ニッシーは厳密にはグループ外なのだから、最初から俺とイッチーしか選択肢にないというわけか。

当の山名さん本人は、赤い顔をして俯《うつむ》いている。この交渉がうまくいけば、これから訪れるであろう、関家さんとの初夜に思いを馳《は》せているのだろうか。

「で、でも、俺が一晩いなかったら、男子部屋の見回りでバレない？」

「布団《ふとん》に荷物とか詰めて、人が寝てるっぽくしとけばだいじょぶじゃない？」

谷北さんが、途端に適当になって答える。

「そ、それなら、山名さんの代わりもそれでいいのでは？」

「わたしたちの部屋、初日の夜に騒いだから、先生の見回りが厳しくて」

黒瀬さんが説明して、谷北さんが頷《うなず》く。

「そーそー。懐中電灯で、一人一人ちゃんと布団にいるか、顔照らして確認してくんの。あれされるたび起きちゃうんだよねー」

それを聞くと、確かに男子部屋より厳しい気がする。日中の疲れで爆睡しているせいかもしれないけど、そんな見回りには気づいたことがない。

「今日も観光中にニコるん目つけられてたし、今夜もめっちゃ厳しく見られるよね」

「でも、懐中電灯で顔照らされるなら、俺だってバレちゃうんじゃ……？」

「ウィッグ被《かぶ》って、布団で顔隠しめに寝てたら、バレないんじゃないかな？」

「さすがに、布団剝がして顔確認してくることはなさそうよね」

「持ってきた中に、ちょうどニコるんっぽい髪色のウィッグあったんだー！　裾カラーは入ってないけど、そこまでは見ないでしょ」

月愛、黒瀬さん、谷北さんに畳み掛けられて、俺はいよいよ逃げ場を失う。

「ねぇ、リュート、ダメかな……？」

とどめの月愛の上目遣いに、断ろうにも言葉に詰まってしまう。

「ニコル、今日あんま関家さんといられなかったじゃん？　明日《あした》には帰っちゃって、関家さんはまた受験勉強で、一年後までほとんど会えなくなるんだよ？　最後に、思い出を作らせてあげたいの」

月愛の瞳は、親友を想《おも》う気持ちのあまりに熱っぽく潤んでいる。それがセクシーで……って、いや、こんなときに何を考えているんだ、俺は。

「……あ、あのさ。っていうか、関家さん的に、それはオッケーなのかな……？」

俺は最後の抵抗として、関家さん側の意思を持ち出す。

「それって？」

「山名さんが、関家さんの部屋に泊まるってこと……」

勉強の妨げになるからと、ダブルデートのあと、強引に関係を持とうとした山名さんを鉄の意志で退けて「距離を置こう」とまで言った関家さんだ。せっかく山名さんが部屋に向かっても、すげなく追い返されることだって考えられる。

「あーそれなら大丈夫！　さっき、うちが部屋に押しかけて、言質《げんち》とったから」

谷北さんのあっさりした発言に、俺は拍子抜けする。

「そ、そうなの？」

「うん。オッケーだって」

「そ、そっか……」

俺が思い出していたのは、教室のベランダで、谷北さんから月愛の尾行への同行を迫られたときのことだ。

──行くのかい、行かないのかい、どっちなんだい⁉　パワ────ッ！

あの謎の迫力に満ちた恫喝《どうかつ》を、関家さんも食らったのかもしれない。

「とにかく、先方はオッケーだから。あとは加島くんが来てくれるなら、作戦は決行ってわけ」

「そ、そうなんだ……」

女子三人の、祈るような視線を感じる。山名さんの、恥ずかしそうな、申し訳なさそうな、断ったらしばくぞといった気迫もうっすら感じる視線も。

十数秒ほど熟考した俺だったが。

「……わ、わかった」

結局、それ以外の返事をするルートは残されていなかった。

◇

「あ、思ったより全然違和感ない！」

消灯時間前、女子部屋に向かった俺は、早速谷北さんにウィッグを被せられた。

山名さんは、女子部屋全体の就寝準備のどさくさに乗じて、とっくに関家さんの部屋へと旅立っている。

「いいじゃん、リュート。可愛《かわい》い！」

月愛は、ウィッグをつけた俺を見て喜んでいる。

「加島くん、優しい顔立ちだからね。女装には向いてるけど、ニコるんの影武者としては迫力が足りないかな」

「じゃあ、メイクしてみるとか？」

「あ、それいーね、マリめろ！」

「や、やめてくれー……！」

俺にはそういう癖《へき》はないんだ！

メイクをなんとか拒否した俺は、横になってもずれないようにウィッグを念入りに固定してもらい、消灯時間直前にベッドへ潜り込んだ。

「……谷北さん、本当にそこでいいの？」

俺は、足元のエキストラベッドで寝ている谷北さんに声をかける。

月愛たちの部屋はトリプルルームで、今はシングルベッドが三台並んだ他に、一回り小さなエキストラベッドが、ソファの代わりに入れられている状態だ。

レディファーストを考えれば、俺がそこで寝るのがいいと思うのだが……。

「あ、いーの、いーの。うち小さいし。家では布団だから、ベッドにこだわりないんだ」

谷北さんは、変なところでさっぱりしている。そういうところがイッチーにも通じるものがある気がして、付き合ったらうまく行きそうな気もする。

「そ、そうなんだ……」

俺はうわずった返事をして、改めてベッドに収まる。

全然落ち着かない。

というのも……。

「リュート、おやすみ」

目の前で、布団にくるまった月愛が微笑《ほほえ》んでいる。

「おやすみ、加島くん」

背後から、黒瀬さんの声がする。

「う、うん、おやすみ……」

天井を向き気味に言って、俺は再び月愛の方に身体《からだ》を向ける。

百歩譲って、エキストラベッドに寝るのは谷北さんだとする。

でも。よりによって。

俺がなぜ、トリプルベッドの真ん中なのか？　その謎を探るべく、我々はアマゾンの奥地へ足を踏み入れた……。

って、現実逃避している場合ではない。

――入口側にはあたしが寝るよ。手前だから、よく見えてバレやすいし。

――加島くんは真ん中がいいわ。人間心理として、手前と奥はちゃんとチェックするけど、真ん中のベッドは、とりあえず誰か寝てるならいいかって気になると思うの。

――それなー！　マリめろ頭いい！

こんなノリで、決まってしまったことだ。

「……ふふっ」

月愛は無言で俺を見つめ、微笑む。

「なんか、近いね……」

その頰が染まり、恥ずかしそうな、幸せそうな表情が入り混じる。

そう。このトリプルベッド、距離が近い。辛《かろ》うじてベッドとベッドの間に一人立てるくらいのスペースしかないので、寝返りしたら隣の人の顔がすぐそこに、なんて事態もありそうだ。

そんな距離に、月愛がいる……。同じ目線で、並んで寝ている。江の島の旅館のときも近かったけど、今の月愛は、あのときの何倍も可愛くて……いや、もともと可愛いんだけど、なんというか、表情とか仕草とか、俺に対する反応とか、すべてが。

もし二人きりだったら、俺の理性はとうに弾《はじ》け飛んでいただろう。

そして、月愛との距離が近いということは、もう一方の隣の黒瀬さんとも近いということで……そう考えると、背中がちょっとムズムズしてしまう。

「みんな大丈夫かな？　もう消すね？」

「うん、ありがと海愛ー！」

黒瀬さんが枕元のスイッチをオフにしたらしく、照明が消える。

暗闇が訪れ、聞こえてくるのは衣擦《きぬず》れの音だけ……。

女子三人のシャンプーや、寝る前にお肌に塗っていた何かのクリームの香りと、山名さんの残り香などが入り混じって、女子更衣室にいるみたいな感覚になる。入ったことはないけど、きっとそんな感じだろう。

ドキドキ、ソワソワが止まらない。

こんな場所で、すぐに眠れるわけがなく。

最初に寝息が聞こえてきたのは、足元の谷北さんの方からだった。

次いで、目の前の月愛。

背中からは、時々寝返りの衣擦れの音だけが聞こえてくる。黒瀬さんも眠れていないのだと思ったら、背後を向くわけにはいかなくて。

俺は寝返りを打つことなく、月愛の方を向いたまま息を潜めて……。

そのうちに、一日歩いた疲労が押し寄せて……。

いつの間にか、もう瞼《まぶた》を開けることが億劫《おっくう》になっていた。

◇

目が覚めたとき、部屋はまだ暗かった。いつの間にか仰向《あおむ》けで寝ていたので、カーテンの方を確認すると、隙間からも光は漏れてきていない。

黒瀬さんは、こちらに背を向けて布団《ふとん》にくるまっており、長い黒髪だけが目に入る。さすがにもう寝ているらしく、規則的な深い呼吸音が聞こえていた。

枕元の充電コードに繋《つな》がったスマホを確認すると、深夜の二時だった。変な時間に起きてしまったものだ。もう一度寝ようと目を閉じかけて……。

「えっ？」

思わず声を上げてしまった。

月愛のベッドが、もぬけの殻だった。

トイレだろうかと思ったが、バスルームの明かりは消えたままだ。

部屋の鍵は先生に預けているので、ルームメイトが寝ている夜間に、勝手に外出することはないだろう。

とすると、考えられるのは……。

遮光カーテンをめくってのぞいてみると、案の定、ベランダに月愛の姿があった。

臨海地区にあるこのホテルは、すべての客室にバルコニーがあって、煌《きら》びやかな夜景が楽しめる眺望を売りにしている。

月愛は、手すりに両腕を置いて体重を預け、港や高層ビルの明かりが輝く夜景をぼんやり眺めていた。

「……月愛？」

窓を開けながら声をかけると、月愛はこちらを振り返る。

「リュート。起こしちゃった？」

「いや……なんか目が覚めちゃって」

「あたしも」

残っていたベランダ用のサンダルを引っ掛けて、外に出る。話し声で黒瀬さんたちを起こすと悪いので、窓は閉めておいた。

思ったほど寒くはないが、深夜の外気はさすがにひんやりしている。

「……ニコルたち、もう寝てるかな」

ふと、月愛が上の方を見ながら言った。ここは十二階で、関家さんの部屋は十三階だと聞いている。ちなみに、男子部屋は十一階だ。

「寝てるんじゃないかな」

何気なく答えてから、寝てない可能性もあるのか……とエロい想像をして、恥ずかしさと羨ましさで胸が焼けた。

「ニコル、やっと好きな人と、本当に結ばれたんだね……」

そうつぶやく月愛のまなざしには、親友への祝福と……そして、気のせいかもしれないが、羨望《せんぼう》のようなものもうかがえる。

「いいなぁ……」

気のせいではなかった。心の奥から漏れ出たように、月愛がつぶやいた。

それがまるで「自分もエッチしたい」と言っているように聞こえて、ドキドキする。

動揺を収めようと、頭を掻《か》いたときだった。

「……あ」

ウィッグをつけていたのを忘れていた。寝ているうちに、少しずれていたのかもしれない。頭を掻いた拍子に、指に髪が引っかかって、ウィッグが落ちてきた。

「つけ直さないと……っていうか、これでバレなかったのかな？　見回りどうだったんだろ……気づいた？」

「んーん。今日は気づかなかった。まだ来てないのかな？」

「そっか」

「最後の夜だから、先生も疲れて爆睡してたりして」

「それか宴会してるとか？」

「あーあるかもね」

そんなことを話しながら、俺はウィッグを被《かぶ》り直そうとする。

「さっき、谷北さんにやってもらったんだよね……自分でできるかな？」

「あたしやってあげるよ、貸して」

月愛がウィッグを取って、俺の頭に載せてくれる。

フローラルだかフルーティだかな香りがふわっと漂う。

月愛が近い。

急な接近に、心拍数が一気に上昇する。

「……あれ？　うまくできな……あっ、ネットがないんだ」

「え？　外れてたんだ。どこに行ったんだろう」

髪の毛を押さえる用のネットが、いつの間にか外れていたらしい。それでウィッグが取れたのか。

「ネットなしでできるかなー。ピンで髪と固定する？」

月愛が、頑張ってつけようとしてくれる。

話すと息のかかる距離に、月愛の顔がある。腕を上げて、俺の頭に触れている。

月愛がパジャマ用に着ているのは、ビデオ通話で見慣れたフワモコ系パーカーだった。

いつものように下ろされたチャックから、トレードマークのような谷間がのぞいている。

普段はスマホ越しに見ているだけだけど、今はちょっと手を伸ばしたらすぐ触れる距離に、それがある。

「…………」

俺は生唾を呑んで、ベランダの外へ視線を移した。

さすがに寝る前より明かりは減っているが、臨海地区の夜景は宝石のように煌びやかだ。黒い海が、地上の輝きを水面に映してたゆたっている。

静かな夜だ。

天空に薄明の名残も予兆もない、混じりっけなしの夜だ。

窓には遮光カーテンが全面に引かれているから、俺たちの姿は、室内からは見えない。

こんなところで……月愛とこんなに接近していると……よからぬことを考えてしまいそうになる。

「リュートって……」

いろいろと考えて胸を高鳴らせていたとき、月愛がふと言った。

「よく見ると、綺麗《きれい》な目してるよね……」

ウィッグをつけようとする手は、すでに止まっている。その瞳は俺を見つめ、夜の海のように揺らいでいた。

「肌も綺麗だし……」

そのとき、自分でも意外な行動に出ていた。

俺は、目の前にある月愛の細い両腕を掴《つか》んでいた。

「あっ……」

ウィッグが俺の頭から落ちる。

俺たちは、無言で見つめ合う。

江の島でも見たすっぴんの月愛は、いつもよりあどけない顔立ちで……しかし、潤んだ瞳としどけなく開いた唇は、男を誘う妖艶《ようえん》な大人の女性のようで。

「月愛……」

思わず、顔を寄せて、キスをしていた。

そっと顔を離して、再び見つめ合う。

「リュートぉ……」

月愛のうっすら開かれた両目は蕩《とろ》けそうに潤んでいて、その頰は夜空の下でもわかるほどに上気していた。

軽く開かれた唇から、熱に浮かされた人のような、浅く間断ない吐息が漏らされている。

そんな月愛の表情を見た瞬間、頭の中で理性の糸が切れる音がした。

気がついたら、もう一度キスをしていた。

今度は深く、噛《か》みつくように。

俺を受け入れるように開いている唇に、舌で割り入った。

迎え入れてくれた舌が、まとわりつくように絡《から》んでくる。かと思うと逃げるように離れて、俺はそれを求めて追う。

「ん……っ」

月愛が、喉の奥で声を上げた。それに煽《あお》られるように、舌の動きが激しくなる。

身体《からだ》が熱い。胸の奥で火が燃えている。

いつの間にか、俺たちは固く抱き合って、互いの腰を押しつけていた。

胸に感じる弾力の方を見れば、白い谷間が目の前で揺れている。

息継ぎに顔を離すと、月愛は艶かしい表情で俺を見つめた。その目はとろんとして、唇はどちらのものともつかない唾液で濡《ぬ》れ、なおも俺を欲しがるようにうっすら開かれている。

「月愛……」

もう止まらなかった。

深く口づければ、口と頭の中が月愛でいっぱいになる。

さらに月愛を感じたくて、フワモコ越しに柔らかな弾力に触れた。

「あっ……」

月愛が喘《あえ》いで身をよじる。胸の奥の火が炎になり、急《せ》き立《た》てられるように柔らかな弾力を揉《も》みしだく。

もう何も頭で考えられなくて、フワモコのファスナーを下ろし、白い肌に指を潜り込ませようとしたときだった。


「ま、待って！」


月愛が唇を離し、慌てたように言った。

俺から身体を離し、焦《あせ》った顔つきでこちらを見ている。

「ちょっと……これ以上は……」

そこで、俺もハッとした。

「……そ、そうだよね……ごめん」

何をやっているんだ、俺は……。

しばらく茫然《ぼうぜん》としてから、正気に戻って、全身から血の気が引く。

「……ごめん、ほんと……。み、見回り来ちゃうかもしれないし、戻ろうか……」

「うん……」

足元に落ちていたウィッグを拾って、俺は月愛と部屋の中に入る。

ウィッグはもういいやとベッドに入り、代わりに頭から布団《ふとん》を被った。

さっきのことを思い出して、ドキドキが止まらない。

それと同時に。

——ま、待って！

——ちょっと……これ以上は……。

困ったような月愛の顔を思い出し、気持ちが落ち込む。

イヤだったのだろうか……。

……そうだよな。考えてみたら、月愛は「エッチしたくなったら言う」と約束してくれているんだ。その月愛から、その言葉をまだもらっていないのだから、あんな前哨戦《ぜんしょうせん》みたいな行為、月愛的には不本意だったに違いない……。

なんてやつだ、俺は。

「月愛がしたくなるまで待つ」なんて言いながら、自分の欲望に負けて、ひとりよがりに暴走しかけてしまった。あのとき月愛が止めてくれなければ、どこまでやっていたかわからない。

それにしても、本能ってすごい。右も左もわからない童貞の俺でも、あんなディープなキスができてしまった。

月愛の顔、ほんとエロ可愛《かわい》かったな……ああ、でも、あのときも月愛は、本当はイヤだったのかもしれなくて……。

興奮と自己嫌悪《けんお》の無限スパイラルに陥った俺に、眠気など訪れるはずはなかった。


気がついたら、部屋の中にうっすら白い光が差すようになっていた。カーテンの合わせ目や端から届く、遮光し切れなかった陽光だ。

布団から顔を出してそれを確認した俺は、ふと隣のベッドに目を留めた。

「……ん……」

黒瀬さんが、いつの間にかこちらを向いて寝ている。

「……くん……」

眠りが浅くなっているのか、口元が動いて何か言っている。

「……かしま……く……ん」

名前を呼ばれて、心臓がドキンと鳴った。

黒瀬さんは、目をつぶっている。

その様子から、どう見ても寝言なのはわかっているけど、それだけに動揺する。

──わたしはいいわ。占う恋もないし。

あんなふうに言って、吹っ切れたように振る舞っているけど。

もしかしたら……そんなに簡単には、気持ちを切り替えられないのかもしれない。

そう思って、せつないような、申し訳ないような気持ちになっていたときだった。


コンコン、と小さなノック音が聞こえてきた。

スマホを見ると、もう起床時間の三十分前だ。

こんな時間に今さら先生が来るとは思えないし、思い当たるのはただ一人。

「……山名さん？」

誰も起きないのでドアを開けに行くと、廊下に立っていたのはやはり山名さんだった。

「……ありがと」

山名さんは、気まずそうな、恥ずかしそうな面持ちで部屋に入ってくる。

「……ニコル？」

そのとき、月愛がベッドから起き上がった。騒がしくしたつもりはないが、やはり彼女も眠りが浅かったのかもしれない。

「えっ、もうこんな時間なんだ⁉　ヤバ！　メイクと髪……じゃなくて、ニコル、ほんとおめでとう！」

「えっ、あっ、うん……ありがと……」

そうこうしているうちに、話し声で谷北さんも起き出す。

「ニコるん、お帰りー！　で、どう⁉　オトナの女になった感想は⁉」

起き抜けからすごいテンションで、すごい話題だ。

だが、山名さんは、曖昧な表情で首を掻《か》く。

「や、それが実は……貫通ならずで……」

「「えっ、なんで⁉」」

月愛と谷北さんが、同時に声を上げる。

山名さんは、真ん中のベッド……俺がさっきまで寝ていた場所に腰掛けて、月愛と谷北さんが両側を取り囲んだ。もちろん、この騒ぎで黒瀬さんもとっくに身を起こしている。

山名さんは、恥ずかしそうな、気まずそうな顔で背中を丸めている。

「なんか……思ったよりセンパイのが大きくて」

「えっ、そんなに？」

「アレが大体身長と比例するとは、先人から聞いてたんだけど……」

「マジ⁉　じゃあ、伊地知くんの伊地知くんなんて超ヤバいじゃん！　ウソ〜めっちゃ妄想しちゃうんですけど！」

「朱璃ちゃん、今は笑琉ちゃんの話だから」

「ニコル、続けて？」

「まぁ、あたしが初めてじゃなかったら、全然大丈夫だったと思うんだけど……」

　頬を掻きながら、山名さんが言う。

「けっこう頑張ったんだけど、なかなか入んなくて……歯食いしばって耐えてたら、センパイが『ムリしなくていいから』って頭撫《な》でてくれて……抱き合って寝た。あんま眠れなかったけど」

「そうなんだ……」

「えっ、ニコるんひどくない⁉」

　その報告に、谷北さんは色めき立つ。

「それじゃあ、センパイのセンパイは、朝までセンパイしたままだったってこと⁉」

「や、それはさすがに申し訳ないから……」

　そう言うと、山名さんは頬に手を当てて、谷北さんと月愛を集めて内緒話の体勢になる。

「え〜ウソ、ニコるん大胆！」

「初めてとは思えない！」

二人は大興奮だ。黒瀬さんも聞こえているらしく、頬を染めて目をパチパチさせている。

女の子って、こんなセンシティブな話まで友達にするのか⁉　っていうか、どうせなら俺にも全部教えてくれ！　気になってしょうがない！

ドア付近に立ったままの俺は、疎外感に打ち震えた。

というか、俺もそろそろ部屋に戻らないと、起床時刻になったら朝帰りがバレてしまう。イッチーが起きてくれるか心配だが、帰らなくては。

「あ、あの、じゃあ、そろそろ俺帰るから……」

キャッキャしているところに水を差すのを申し訳なく思いながら言うと、女子たちが俺を一瞥《いちべつ》する。

「ああ、加島くん、まだいたんだ。早く行きなよ」

さすがひどいや、谷北さん！

「あ、うん、リュート、またね……」

月愛も、あまり俺の方を見ずに言う。

親友の話に夢中になっているのか、さっきのことがあって気まずいのかは、わからないけれども……。

そんな中。

「ありがとう」

その声に見ると、山名さんが、ベッドから俺をまっすぐに見つめていた。

「アンタのおかげで、いい修学旅行の思い出ができたよ。……感謝してる」

今まで見たことないような、優しい表情だった。

ふと、またも山名さんと初めて話した日のことを思い出した。

今とは別人のような表情。値踏みするような、敵対心すら感じられる、鋭いまなざしを向けられた、あの日から。

季節が何度か変わり、ようやく。

月愛の彼氏としてだけでなく……友達としても認めてもらえたような、不思議な感慨があった。

「いっ、いえ、そんな……」

なんだかへどもどしてしまって、俺は逃げるように女子部屋を後にした。

そして、高いびきが聞こえてくる自室の前で、イッチーが起きるまで五分以上ドアをノックし続けた結果、隣の部屋の陽キャ男子に「ヤバイ・ノッカーマン」という人類最強の兵士長っぽいあだ名をつけられたのは、完全な余談だ。

◇

次の日は、新神戸にある布引《ぬのびき》ハーブ園を散策してから、新幹線に乗って、夕方前に東京に戻るスケジュールだ。

終日団体行動で先生の目があるので、関家さんとは、ホテルの前で軽く挨拶して別れた。

ニッシーは、昨日、山名さんが関家さんと一夜を共にしたことを、たぶん知らない。あの感じで女子が言うはずはないし、俺が部屋を空ける理由を伝える際に、イッチーにはちゃんと口止めしておいたから、耳に入れる者はいないだろう。

「マジぴえん〜センパイ〜寂しい〜」

「でも……一緒にいられたんだから、よかったじゃん？」

「まーね〜ふふふ♡♡」

この調子では、気づかれるのも時間の問題だろうけど。

「なぁ、イッチーってまだKENに会えないの？」

「そのうちオフ会あるってよ」

「いいな～。KENのグラサンなし顔撮ってきてよ」

「無理。せっかく参加勢になれたのに、永久BANされたくない」

今日も、ニッシーはイッチーとつるんでいる。

布引ハーブ園は、ロープウェイで登る本格的な高台の上にある。多種多様な花々で彩《いろど》られた丘の上から望む景色は、うろこの家以上の絶景だった。

——あたしたち、どんな大人になっても……。こうやって……素敵なものを見るとき、いつも一緒にいられるといいね。

月愛の言葉を思い出して、彼女の方を見る。

月愛は今日、ずっと女子で固まっていた。特に山名さんとベッタリで、時々黒瀬さんや谷北さんと話すといった感じだ。

「……素敵なもの、見てるんだけどな……」

「なんか言ったか、カッシー？」

心の声が漏れていたようで、気づいたイッチーに振り向かれる。

「いや……なんでもない」

月愛とは、昨夜のベランダでの会話を最後に、ほとんど話せていない。

——ちょっと……これ以上は……。

あの言葉がどういう意味だったのか。

本当はイヤだったのか。

月愛の本心が聞きたい。

けれども、それを訊《き》くのは怖いような気がしてしまう。

こうして、月愛との間にぎくしゃくした空気を感じながら、俺の修学旅行は終わった。

第四・五章　ルナとニコルの長電話

「はぁ〜〜も〜〜センパイ大好き♡」

「はいはい」

「はぁ〜サイコーだった♡　あの夜がずっと続けばよかったのに〜〜……」

「もー、ニコルってば、そればっか」

「むふふ♡　ゴメンネ♡」

「……で、ニコル？」

「ん？」

「関家《せきや》さんとは、結局どうすることにしたの……？」

「どうって……今まで通りだよ。しょうがないじゃん、やっぱ好きなんだもん。別れるなんて、絶対ムリ」

「だよね……」

「まぁ、この一年はバイトめちゃくちゃ入れて、頭空っぽにして稼ぎまくってやるわ。やっぽ、ヒマなのってよくないからね。いろいろ考えちゃうし、寂しくなるし」

「そうだね……それしかないのかもね」

「ルナの方は？　同じ部屋で彼氏と一夜を過ごして、なんか進展あった？　って、あるわけないか。妹とアカリがいたんだもんね」

「…………」

「えっ、あったの⁉」

「……ベランダで、キスした」

「キスだけ？」

「うん……でも、めっちゃエロいやつ」

「マジ⁉　どっちから？」

「リュート……だけど、あたしもイヤじゃなくて」

「えーなにそれやらし～！」

「ほんとにエロいことしてた人に言われたくないんですケド」

「あははっ！　でもいーじゃん。……よかったんでしょ？　キス」

「うん……」

「……何？　なんかあんの？」

「どした？　新たな悩みでも出てきた？」

「んー、そんなんじゃないけど……なんかね。あたしの今の素直な気持ちは、一番にリュートに伝えたいなって思ったんだ」

「……そっか。やっと、そういう彼氏に巡り合えたんだもんね」

「うん……」

「そーゆーことならよし！」

「でも、ニコルが言ってた通りだったよ」

「ん？」

「恥ずかしくても、触れ合ってたら……」

「ムラムラした？」

「……うん」

「うわエロ～～！　盛《さか》ってんね～！」

「だからニコルに言われたくないってー！」

「ふふ。んで、オロ●ミンCの自主練はどう？　捗《はかど》ってる？」

「それがさー、一応やってみたけど、絶対なんか違う気がする～やっぱ瓶はめっちゃ瓶だよ」

「そりゃそーよ、瓶なんだから」

「冷たいし」

「お湯につけてみたら？」

「そーゆー問題じゃないってー！　試行錯誤《シコーサクゴ》するほど、むなしー気がする！」

「あははっ！」

「なんか心折れたよ〜」

「って、あんたがマグロ脱却する方法教えろってゆーから、ムリヤリひねり出したんでしょーが」

「そーだけどさっ」

「ネットで調べてみたら？　もっといい方法載ってるかもよ？」

「んー。まぁそれもいーかもしれないけど……」

「ん？」

「……あたし、リュートの前では、マグロにならなそーな気がするんだよね」

「そうなの？　ならいーじゃん」

「うん……自信は全然ないんだけど」

月愛《るな》はベッドの上で膝を抱えて、窓際《まどぎわ》を見る。

窓枠に置かれた茶色い瓶には、ホワイトデーのときにもらった花束のうちの一輪が、だいぶ萎《しお》れた姿で挿さっていた。祖母に世話を頼んだ残りの花々は、ダイニングテーブルの上で、まだ元気に咲いている。

窓辺の花を見つめて、目を細めた月愛は。

「ベランダでのキスのとき、そー思ったんだ……」

熱い吐息とともに、そうつぶやいた。

第五章

修学旅行が終わって春休みになって、月愛《るな》と会えない日々が続いた。忙しい理由はなんだかんだとはぐらかされるので、きっとバイトだろう。

俺は予備校の春期講習に通って、本格的な受験勉強の始まりに、気を引き締めていた。

「関家《せきや》さん」

自習室で、久しぶりに関家さんと出会った。久しぶりといっても、旅行から帰ってきてから一度は会っているので、それほどでもないのだけれども、受験前までほぼ毎日会っていたのを考えれば「久しぶり」だ。

「……俺、予備校を替えようと思って」

昼時、いつものチェーン系ラーメン店に行ったとき、関家さんがそう話した。

「医学部専門のところに通うことにした。体験授業受けて、昨日手続きしてきたところ」

「そ、そうなんですか……」

「オヤジが通ってたところなんだ。だから、親にも賛成してもらえて」

ラーメン待ちの間に水を飲みながら、関家さんは淡々と言う。

「K予備校も悪くなかったけど、現役のときになんとなく通い始めて、その延長でここまで来ただけで。医学部コースも途中からだったし。現役生が多いから、ラウンジ族とかも目障《めざわ》りだろ？　なんかもっと集中したいんだよ」

「はぁ……」

確かに、ラウンジにいつまでもたむろして、異性に声をかけて交流することが目的のような陽キャたちも一部には存在する。俺的にはやはり「気にしなければいいだけなのでは……」なのだが、関家さんのようにリア充沼に浸《つ》かっていた時期がある人には、目に入るとやる気を削《そ》がれるものなのかもしれない。

「じゃあ、もうあんまり会えなくなりますね」

それは寂しいなと思って口にすると、関家さんは「いや」と首を振る。

「K予備校の自習室は気に入ってるから、籍は残すつもり。土日はこっちにいる予定だから、これからも飯食おうぜ」

そこでラーメンが着丼して、俺たちは無言で麺を啜《すす》り始めた。

春が来たな、と思った。

変化の季節だ。

みんな変わっていく。

バイトを始めた月愛、今ほど会えなくなる関家さん、少しずつ緊張感を帯びてくる予備校の授業……。俺の周りの環境も、着々と変化しつつある。

「……山名《やまな》さんとは、帰ってきてから会ってないんですか？」

ひと通り麺をさらい終わった後に訊《き》くと、関家さんは頷《うなず》いた。

「もう無理だな。会ったらそっちばっかになりそう」

「そっちとは……」

「エロいこと」

なんとなくそうだろうとは思ったけど。

関家さんは、箸を置いてため息をつく。

「あれからずっと……山名のこと考えちゃって」

「……そんなによかったんですか？」

「めっちゃエロかった。ヤバい。同棲《どうせい》したい。ずっと一緒にいたい」

一見冷静な語り口だけど、関家さんの押し殺した興奮が伝わってくる。同じ男として、その衝動は理解できる。

「……でも、最後までしてないんですよね？」

俺がツッコむと、関家さんは驚いたような顔をする。

「……あいつ、そんなことまで言ってんの？」

「い、いや、月愛に話してるのが聞こえちゃって……」

正確には月愛だけではないのだが、ここは控えめに言っておいた方が良さそうだ。

「やっぱり、初めてって難しいんですか？」

興味本位で訊くと、関家さんは首を傾《かし》げる。

「さぁ……。俺、初めての子とヤるの初めてだし」

そうなのか。ちょっと意外だった。

高校時代に「遊んでいた」というのは、言葉通り、異性に対して積極的な女の子と、ライトな付き合いをしていただけなのかもしれない。

「でも、痛がってたらあんま無理したくないじゃん？　ただでさえ相手は未成年だし」

「そんなこと気にするんですね」

「だってほら、一応あるだろ、『淫行条例』とか」

「じょ、条例……ですか」

「俺は一応成人してるけど、向こうは十七歳だから。まぁ法律的なことだけじゃなくて、いろいろ守ってやらないと」

「ちゃんと考えてるんですね……」

内容はなんとなく想像できるけど、あとで「淫行条例」について調べてみようと思った。

「やっぱり、会わない方がいいよなぁ……」

関家さんは、遠い目をしてつぶやく。山名さんのことを考えているのだろう。

「あの、すいません。ちょっと訊きたいんですけど」

物思いに耽《ふけ》っているところ悪いが、俺にはどうしても経験者に訊いておきたいことがあった。

「は？」

「女の子が『したい』ときって、男から見てわかるものですか？」

「いや、その、表情とか態度とかで……オーケーなときと、ダメなときの違いっていうか」

「あー、何？　龍斗《りゅうと》もいよいよ『卒業』できそう？」

「い、いえ、まあ……」

口籠もっていると。関家さんが答えてくれる。

「別に、普通のコミュニケーションと一緒じゃね？　会話のキャッチボールも、相手の反応見て、投げる球変えるだろ。キスしたとき、向こうがエロい顔したら先に進んでみて、乗り気じゃなさそうだったらやめておくとか」

「なるほど……」

修学旅行の最後の夜を思い出す。

あのとき、関家さんが言う「エロい顔」みたいなものを、月愛の表情から読み取った気がした。でも、「待って」と言われてしまったんだ。

「………」

「まぁ、そんな焦《あせ》んなよ。まだ若いんだから」

難しい顔をしていたらしく、雑に慰められてしまった。

もやもやする。

でも、こんなときは、そうだ……いつだって、他人にいくら何を訊いても、本当の意味での解決なんか訪れなかった。

本人にぶつけるしかない。

月愛に直接訊いてみなければ、俺の安らかな眠りは戻ってこない。

◇

☆ＬＵＮＡ☆
♡♡♡ハッピーバースデー♡♡
リュートおめでと♡♡♡♡
これからもよろしくね♡♡♡♡♡

深夜〇時を回って誕生日になった瞬間、月愛からハートが乱れ飛ぶメッセージと、マラカスを持ったり、くす玉を割ったりして踊るおさウサのスタンプが連投されてきた。

☆ＬＵＮＡ☆
明日《あした》のデート楽しみにしてるね♡
明日じゃない！
もう今日だ！

焦り顔のおさウサと、「楽しみ♡」と浮かれるおさウサが追加で送られてくる。

LINEの中の月愛は、付き合い始めの頃から変わらないテンションだ。

そのことを微笑《ほほえ》ましく思いながら、俺は誕生日デートに思いを馳《は》せた。

◇

誕生日当日は、昼前からデートをする約束だった。

——バースデーケーキ予約したの！　ほら、リュートんちの近くのシャンドフルール！受け取るだけだから、待ち合わせ前に取ってきてもらえないかな？

電話でそう言われていたので、ドキドキしながら店へ向かう。

白いオシャレな外観の店舗に着いて。

中に入ると、焼き菓子の甘い香りに包まれる。平日だが、人気店だけあってケース前には列ができていた。

「予約していた、し、白河《しらかわ》です」

月愛に教えてもらった通りに伝えると、店の人が「あっ」と言った。

「少々お待ちください」

そう言って、彼女は慌てたように奥へ引っ込む。

ちょっと考えてから、その店員さんが、ホワイトデーの日にショッピングモールのフードコートで会ったお姉さんだと気づいた。人の顔の認知能力が低いのと、制服のせいで雰囲気が違うので、一目ではわからなかった。

しばらく待っていると、奥からケーキを手にして、再び……出てきた店員さんは。

なんと、月愛だった。

月愛は、他の店員と同じ制服を着ていた。清潔感がありながらもフェミニンなデザインの白いブラウスに、足首まであるタイトなスカート。胸当てのないエプロンはスカートと同じダークブラウンで、シックな装《よそお》いだ。頭には、ベレー帽というのかハンチングというのかわからないが、カフェの店員が被《かぶ》っていそうなオシャレな帽子を載せている。

「こちらでよろしいでしょうか？」

月愛は笑顔で、手にしたケーキを見せてくる。

生クリームとイチゴやブルーベリーで飾り付けられたホールケーキには、「Happy Birthdayリュート♡」と書かれたプレートが載っていた。

Happy Birthday

「……は、はい……」

思わず緊張して言った俺を見て、月愛がふふっと笑う。

「なんでケーゴ？」

それを聞いたとき、月愛に告白した日のことを思い出した。

――なんでケーゴ？　同じクラスなんでしょ？　タメじゃん？

緊張でガチガチの俺に、月愛は屈託なく笑って言ったのだった。

あのときの俺に、今の俺と月愛のことを話しても、何ひとつ信じないだろう。

波乱の夏休み、距離を感じた秋、自分の未熟さを痛感した冬……を越えて今、再び。

月愛に恋した季節が巡ってこようとしている。

「ちょっと待っててね。着替えてくるから」

俺にケーキの箱を渡した月愛は、他のお客さんに聞こえないような小声で言って、奥へ引っ込んだ。

店の外で、ぼうっとして待っていると、裏口から私服の月愛が出てきた。ホワイトデーのときと同じ、姫系ギャルのコーディネートをしている。

「……それじゃ、行こっか」

恥ずかしそうにはにかんで、月愛は俺を見る。

「うん……」

隣に並んで、俺は彼女と歩き出した。

「ビックリした？　あたし、バイト始めたの」

「う、うん……ビックリした」

「ほんと？　その割にはリアクション薄くない……？」

月愛がちょっと残念そうなので、俺は慌てる。

「いっ、いや！　驚きすぎて、声も出ないっていうか……」

「そんなに？　じゃあ、サプライズ成功だぁ！」

月愛は嬉《うれ》しそうに微笑む。

「リュートがさ、言ったじゃん？『ケーキ屋さんとか似合いそう』って。だから、バイト始めようって思ったとき、ケーキ屋さんに決めたんだ。で、リュートんちの近くに、美味《おい》しくてオシャレなお店あったなって思って」

月愛がワクワクした顔で話す。その様子から、ずっと打ち明けたかったのを我慢していたことがうかがえる。

「でも、制服、ちょっとリュートのイメージと違ったよね？　あたしは可愛《かわい》いと思うけど」

「いや……洗練された感じ？　で、オシャレだと思うよ。……月愛に、似合ってたし」

「ほんと……？　嬉しい」

月愛は照れたように微笑む。

「飲食系は身だしなみが厳しいとこ多いってニコルから聞いてたけど、帽子があるおかげで、髪まとめてれば、色はそんなに厳しく言われなくてよかった。ネイルは控えめにって言われたから、最近ちょっと短くして、おとなしめにしてるけど」

そう言って見せてくるネイルは、確かに上品な桜色だ。

「あたし、接客向いてるみたい！　お店の人も、お客さんも、いい人ばっかかで、余り物のケーキやお菓子も美味しいし、毎日楽しくて」

そう言う月愛は生き生きしていて、聞いているこちらも楽しくなる。

「……どうして、バイトしようと思ったの？」

付き合いたての頃の会話を思い出す。

──白河さんは、バイトとかしないの？

──あたしはいいや〜。ニコルの話聞いてると、ヤバいお客さんにストレス溜《た》まりそうだし。おばあちゃんが時々お小遣いくれて、それでなんとかなってるから。

あんなこと言っていたのにと思ったら、心境の変化が気になってしまう。

「……あたしも、前に進みたいって思ったんだ。みんなに置いていかれたくないって」

月愛はふと、真面目な面持ちになる。

「生活の中に、何か軸を見つけて……自分の足で立ってるって感覚が欲しかったのかも。あたし、いつも流されてばっかりだから。……家族とか、人とかに」

俯《うつむ》きがちに言ってから、前を見る。

「とにかく始めてみたかったんだ。将来について、真剣に考えるために」

そう言って微笑んだ月愛の顔に、自嘲のような翳《かげ》りが浮かぶ。

「それが、リュートが『似合いそう』って言ってくれたケーキ屋さんのバイトっていうのが、結局流されてるだろ感あって、恥ずかしいんだけど」

俺たちは、電車に乗って向かったA駅から荒川に向かって歩いていた。

土手の上に、月愛のお気に入りの桜並木があるらしい。今年は桜の開花が早く、昨日都内の桜は満開を迎えたらしい。ちょうど桜の開花と重なりそうだからと、俺の誕生日会はお花見しながら、ということになっていたので、狙い通りだ。

賑《にぎ》やかな商店街を抜けて、住宅街を川に向かって歩きながら、俺は月愛が言ったことを考えていた。

俺だって、いろいろな人の影響を受けている。でも、それは「流されている」ということになるのだろうか？

「……誰かがくれた言葉に心動かされるのは、それが自分の中にも……少なくとも、無意識下に、存在してたものだからだと思う」

自分のことを考え考え、俺は言った。

「だったら、それに従うことは『流されてる』んじゃないと思うよ」

月愛の目が、大きく見開かれる。

「だって月愛、もし俺が『中学生に数学を教えるバイトが似合いそう』って言ってたら、今頃家庭教師やってた？」

月愛はぎょっとした顔で、両手を大きく振る。

「えっ、ムリムリムリムリムリ！　ぜーったいムリ！」

「ほらね」

そのリアクションに、思わず笑った。

「いやなことや、できないことは、ちゃんとよけられる」

月愛は、思ってもいなかったことを言われたような顔で、俺を見つめている。

「だから月愛は『流されてる』んじゃなくて……それが『人とともに生きる』ってことの

意味なんだと思うよ」

友達も少なくて、彼女という存在もいなかった前までの俺には、自覚する機会のなかったことだけど。

月愛と出会って、俺は人と生きるということがどういうことなのか、少しわかった気がする。

いつも月愛との関係ばかり考えがちだけど、俺には、月愛以外にもかかわりを持ってくれる人たちがいる。

イッチー、ニッシーは、一緒にKENの話をすれば楽しくて。でも、それだけじゃなくて。お互いがいいときも悪いときも傍《そば》にいてくれて、身をもって恋愛の難しさを教えてくれたりもする。年上の関家さんは、常に俺の数歩先を行く考えで、刺激や気づきを与えてくれる。山名さん、谷北《たにきた》さんは、女の子の多様性を教えてくれる。黒瀬《くろせ》さんは……俺の初恋の人だった彼女は、一言では言い表せないほど様々な経験を得させてくれた。

今の俺は、いろんな人の影響を受けて、ここにいる。俺の根っこにある考えは、育ててくれた両親の影響かもしれないけど、今の俺を作っているのはそれだけじゃなくて……家の中だけでは知ることのできなかった……いろんな人の気持ちや、世の中のままならないことを教えてくれたのは、俺の周りにいる人たちだ。

同じように月愛も……いや、周りのみんなに愛される月愛は、きっと俺以上に。

「月愛には、影響を与えてくれる大事な人たちが、たくさんいたんだね」

俺もその一人になれたなら、嬉しいと思う。

「それに、俺も月愛から影響受けてるんだよ」

「え……？」

月愛は、意外な顔で俺を見る。

「マジ？」

「うん……。月愛との先を考えてるから、早く予備校に通おうと思ったし……」

そこで関家さんと出会って、さらに影響を受けて。尊敬するＫＥＮの影響で、法応《ほうおう》大を目指すことを決めた。

「俺は、月愛ほど友達も知り合いも多くないけど、俺の人生も、いろんな人の影響を受けてるんだって気づけたんだ」

それを聞いて、月愛はゆっくりまばたきをする。

「リュートは、そうなんだと思う。ちゃんといろんなこと考えてから、行動に移すし」

そして、少し気落ちしたように、俯き加減になる。

「リュートがフォローしてくれるのは嬉しいけど……あたしの人生の中で、人に流されてた時期は、確かにあったんだよ」

ちらっと俺を見てから、月愛は口を開いた。

「……元カレとの経験とか」

「…………」

俺が息を呑《の》んでいると、月愛は俯いたまま続ける。

「流されるのって楽なんだよ。相手の思い通りにしてれば、上手《うま》くいってるふうになるし。

……実はそんなことなかったって、あとでわかるけど」

月愛の過去の交際経験を思い出して、俺もつらい気持ちになる。

「男の人って、やっぱセーヨクが強いじゃん？　あたしは相手にそんなにムラムラできないし、同じテンションではついていけないから、身を任せるのが楽だった」

そこで俺は、ハッとした。

——ま、待って！

ベランダで焦《あせ》ったように身を離す月愛が、脳裏に蘇《よみがえ》ったからだ。

「あの、月愛、ごめん、修学旅行の夜のこと……」

ずっと心に引っかかっていたのに、きちんと謝罪できずにいた罪悪感から慌てて、舌がもつれそうになりながら切り出した。

「ほんとに反省してる。『月愛がしたくなるまで待つ』って言ったのは俺なのに、月愛の意思を無視して暴走して……」

信号待ちで立ち止まったのをいいことに、頭を下げながら一気に言う。

「ああいうことは、今後絶対ないようにする。これからはもう、二人きりのときには去勢したつもりで……」

「キョセイ⁇　っていうかちょっと待って！」

俺の言葉を、月愛が焦ったように遮った。

「聞いて、リュート」

顔を上げると、月愛はわずかに微笑《ほほえ》んでいた。

「ムラムラしないのに流されてたのは、リュートと付き合う前までの話。……この前は、違ったんだよ」

「えっ……」

「あたしがムラムラできなかったのは、あたしが女で、欲が薄いからじゃなくて……その人のこと、そこまで好きじゃなかったからだったんだ、ってわかった」

ほんのり苦く微笑んだ月愛は、俺と目が合うと、恥ずかしそうにはにかむ。

「修学旅行の夜《あ》、リュートとキスして……恥ずかしかったけど、すごく……気持ちよかった」

言いながら周りの目を気にしたように左右を見るけれども、目の前を通過していく車の他、近くに人はいない。

「リュートを好きな気持ちが、胸の奥から次々溢《あふ》れてきて……頭の中がリュートでいっぱいになって、リュートをもっと感じたくて……気がついたら夢中になってた」

「えっ、でも……」

嬉《うれ》しくて心が熱くなる反面、あのときの月愛の様子が気にかかる。

そんな俺の気持ちをわかっているように、月愛は微笑む。

「あのとき止めたのはね……あのままキスしてたら、最後までいっちゃいそうだったから」

「えっ⁉」

予想だにしなかったことを言われて、心臓が爆発しそうにドキリとした。

「だって、ベランダだし……。それに、持ってなかったでしょ？　お互い……ゴムとか」

月愛の声が小さくなって、その頰が赤くなる。

「えっ、あぁ……」

つられて俺も恥ずかしくなって、耳が熱くなるのを感じる。

そんな俺の手に、月愛が触れる。それは右手だ……と思ったけど、月愛は構わず俺の手を握った。

「……恥ずかしいんだけど、近づきたいんだってわかった」

小さくつぶやいて、月愛は俺に身を寄せる。

「恥ずかしいけど、嬉しい。あたし……リュートに触れるの」

俺の手をぎゅっと握って、月愛は俺を見上げて微笑んだ。

「それがわかって、ほんとによかった」

「月愛……」

胸のつかえが取れて、代わりに愛《いと》しさが溢れてくる。

気がつくと、信号は何度目かの青になっていて、俺たちは慌てて横断歩道を渡る。

その先の道路は橋になっていて、渡ればもう土手の上だ。

「うわあっ！　咲いてるー！」

橋の上を歩きながら、月愛が声を上げた。

橋から見える桜並木は、薄紅色に煙《けぶ》っている。予報通りの満開だ。

「キレーだね～」

土手に着いて、俺たちは手を繋《つな》いだまま並木道を歩いた。春休みとはいえ、平日なので、人はそんなに多くない。ところどころに、立ち止まって枝ぶりを眺めている人がいたり、小さい子連れの家族がレジャーシートを広げていたりするのが目に入るくらいだ。

桜並木の先には鉄橋があって、時折電車が通っていく。俺たちが毎日乗る電車だ。

「このへんにしよっか!」

よく咲いた木の近くで、月愛が持ってきてくれたレジャーシートを広げた。枝が地面に向かって垂れている、花見にもってこいの木だ。

シートに座ると、月愛は改まったように俺を見つめた。

「リュート、十七歳おめでとー!」

満開の桜と、満面の笑みの月愛。

「ありがとう……」

最高の誕生日だ。

前世の俺は、一体どんな徳を積んでくれたのだろう。同じことができる気はしないけど、後学のために聞いてみたい。

「さっ、食べよ、食べよ!」

月愛はシートの上に置いた保冷バッグを開けた。中から取り出したのは、角張ったランチボックスだ。

「大きいケーキあるから、軽めにサンドイッチ作ったんだ」

蓋を開けると、綺麗《きれい》にカットされたサンドイッチが、ぎっしり詰まっている。卵サンドと、ハムトマトレタスチーズのサンドが交互に並んでいて、彩《いろど》りがいい。

「でも、軽すぎかなって思って、唐揚げも持ってきちゃった」

にゃははと笑いながら、月愛はもうひとつボックスを出す。蓋を開けると、食欲をそそる茶色が溢れていた。

「ポリシーなくてごめぇん」

「いや、嬉しいよ。男子的には」

「ふふ。運動会のとき、いっぱい食べてくれてたなーって思い出して」

そんなところまで見ててくれてたのかと、照れ臭いような嬉しいような気持ちになる。

「いただきます」

作ってくれた月愛に感謝して、俺は誕生日祝いランチにありついた。

サンドイッチは、見た目と同じく味も良かった。唐揚げも、運動会のときと同じ美味《おい》しさだった。

そのことを伝えると、月愛は嬉しそうに頰を染めて笑った。

「……じゃあ、いよいよ、これ食べよー！」

月愛は、シートに置かれていたケーキの箱を取る。俺がシャンドフルールで受け取ったバースデーケーキだ。ケーキの号数なんて詳しくないからわからないけど、二人で食べ切るには少し大きいような気がする。四人分くらいの大きさだろうか。

「あっ、ロウソク！　火つける⁉」

箱についていたロウソクの袋を見て、月愛が俺に訊《き》く。

「えっ？　吹き消す前に、消えちゃいそうじゃない？」

ここは河原だからか、風が強い。食事しているうちに午後になって、さらに風が強まり、少し寒いくらいだ。

「でも、せっかくだからー」

月愛は自分のバッグをごそごそやって、中から何かを取り出した。

「持っててよかったー」

それは、コンビニで売っているような無骨なライターだった。

「ライター……いつも持ち歩いてるの？」

煙草《たばこ》を吸っているわけでもあるまいに……とちょっとビビって尋ねると、月愛は平然と頷《うなず》く。

「うん。まつげカールするとき、これでビューラー炙《あぶ》ってからやってるの。めっちゃ上がるよ！　おかーさんから教えてもらったんだ。今は電熱ピューラーもあるけど、慣れちゃうとこっちのが断然早いんだよね。あたしがやってるの見て、ニコルもアカリも真似《まね》し出したくらい。間違ってまぶた挟むと、めっちゃ熱いけど」

「そ、そうなんだ……」

相変わらず、ギャルだなぁ、と思う。月愛らしくて、微笑ましい。

「ハッピーバースデー、リュート～♪」

立てたロウソクになんとか火を点《つ》けると、月愛は手拍子をしながら歌い始めた。近くに人はいないけど、小さい子の誕生日祝いみたいで、なんだか恥ずかしい。

「ハッピーバースデー、リュート～♪　はいっ！」

月愛が歌い終わって、俺は促されるまま、風が止《や》んでいる間に灯《とも》された火に顔を寄せる。

「おめでと～！」

パチパチと拍手で祝われる中、ロウソクの火を吹き消した。

くすぐったいけど嬉しい、忘れられない十七歳の始まりだ。

「このケーキね、あたしが作ったんだよ？」

「えっ⁉　ほんとに⁉」

驚いて、改めてケーキを見る。

側面に塗りつけられた生クリームはなめらかだし、フルーツやチョコの飾りつけ方も、普通に買ったものと比べて、何も遜色ない。

「すごいね……」

すると、月愛は途端に焦《あせ》り出した。

「えぇっと、も、もちろん、パティシエさんに手伝ってもらってね？　……三割くらい？　ていうか……一割……？　……あたしが……」

どうやら、そういうことらしい。

「『全部自分で作ったことにしなよ』って言ってもらったけど、やっぱムリがあるー」

独り言のようにつぶやいて、俺を見る。

「でもでもっ！　プレートは百パーあたしが書いたんだよ！　毎日いっぱい練習したから、少しは上手になったよね？」

「うん、綺麗に書けてるね……ありがとう」

プレートの文字にも違和感はなく、パティシエの人が書いたと思った。そう言われて見れば、「リュート」の文字に、月愛のいつもの肉筆っぽい丸っこさを感じる。

「最初ひどかったのー、「Happy B」までしか入らなくて～」

「Bさんおめでとう？」

「も～誰だよって話だよね～。ボブ？　ボビー？　って先輩にもツッコまれた。織戸《おりと》さんっていうんだけど、あのフードコートで会った人」

「ああ」

「あのあとね、織戸さんに『バイトのことはまだ彼氏に内緒で、誕生日にサプライズお祝いしたいんです』って言ったら、オーナーにお給料の前払いをお願いしてくれたの。で、オーナーも、今日あたしシフト入ってないのに、リュートにケーキ渡すためだけに、制服着て奥にいていいよって言ってくれて」

　どこへ行っても人に愛されるのは、月愛の才能だと思う。周りの人たちは、みんな月愛のことが好きになって、何かしてあげたくなるんだろう。

　ちょっと心配になることもあるけど、彼氏として、どっしり構えていなければ。それは月愛の、誇るべき長所なのだから。

「ん～おいし――！」

　月愛と切り分けて食べたケーキは、シャンドフルールらしい、いつもの美味しさだった。濃厚なのにしつこくない生クリームと、しっとりしたスポンジケーキが口の中で絶妙な口溶けを生み、フルーツの爽やかな酸味がアクセントになって食べ飽きない。

「……とはいえ、やっぱり、全部は無理かもね」

「まぁ、一回休も」

そう言うと、月愛はプラスチックのフォークの代わりにスマホを持つ。

「リュート、こっち見て」

月愛のスマホ画面に映る自分の間抜け面を見て、自撮りをするのかと気がついた。

「めっちゃいいねー！　桜と青空がちょーキレイ」

寄り添って何度かシャッターを切った月愛は、続いて一人でもパシャパシャと自撮りをしている。

「いっぱい撮らなきゃー！」

「満開だもんね」

何十メートルにもわたってピンク色が連なる背景は、確かにギャルの自撮りにもうってつけの映えスポットだろう。

「うん。それに……この髪色も最後だから」

そう言って、月愛は少し寂しげな視線をスマホに向ける。

「明日《あした》、美容院行くんだ。いよいよ黒髪にしてくる」

「えっ……？」

なんだそれ、と思ったのと同時に、月愛が以前言っていたことを思い出す。

——あたし、中二のときからずっと髪染めてるんだけど……黒に戻そうかなって、最近ちょっと考えてる。

あれって、本気だったのか。

「……ほんとに、黒髪にするの？」

訊きながら思い出していたのは、月愛がかつて俺に言ったことだ。

——あたしギャルだから、ギャルがやるようなことは一通りやりたいし。行きたい場所も、やりたいことも、リュートには興味のないものばっかかでしょ？

それに。

先ほど教えてくれた、化粧道具をライターで炙って使用するほどの、ギャルメイクへのこだわり。

こんなに日頃から「ギャルであること」をアイデンティティにしている月愛が、ギャルの象徴とも言える明るい髪色を、黒にするなんて。

「うん。だってリュート、黒髪のが好きでしょ？　修学旅行のとき、めっちゃ見惚《みと》れてくれたじゃん」

しおらしく答える月愛を、俺はじっと見つめる。

「……月愛は、本当に黒髪にしたいの？」

「え……」

「ちょっとでも、ためらう気持ちがあって……それでも、俺の好みに寄せるために黒髪にしようと思ってくれてるなら……それは、しなくていいことだよ」

驚いたような顔で言葉を失っている月愛に、俺は言った。

「覚えてる？　海の家で、どういう異性がタイプかって話したときのこと」

――タイプって話なら、確かにギャル系より清楚《せいそ》系の方が好みだけど……白河……月愛さんが、俺のタイプなんだと思う。

「あのときも言ったけど……俺は……白河月愛って女の子が、タイプなんだよ」

少し恥ずかしくなって、目を伏せながら言う。

「俺が好きになったのは、今の髪色の月愛だから……今の髪色も、好みってこと」

月愛がどんな顔をしているかはわからないけど、俺は続けた。

「月愛がもし、本当に自分でやりたい髪色があって、それに変えるなら、その新しい髪色の月愛も……俺のタイプになるけど」

話がまとまらなくなってきて、焦りながら着地点を探す。

「上手《うま》く言えないけど、だから……もし『俺のために』変えるなら、それは意味がないんだ。だって、俺は……どんな月愛でも……タイプだから」

谷北さんのこだわりを見て感じたことだけど、ファッションや見た目に関することって、オシャレに関心のある人にとっては、きっとすごく大切なポリシーの表明なんだと思う。

だから。

俺は、お世辞にもオシャレに詳しくないし。ただの「そそる異性のタイプ」っていう記号的な好みを、たった一人の特別な女の子に押しつけたくない。

そういう「影響」なら、与えたくないって思ってしまう。

「……髪色も、ファッションも、全部含めて……どうか、月愛がやりたいように生きて欲しい」

ようやく顔を上げると、月愛は考え込むような表情で、自分の手元を見ていた。

「その服も……可愛《かわい》いと思うけど、デートに毎回着てきてくれなくても、いいんだよ」

月愛は目を上げて、俺を見る。少しほっとしているようなその顔を見て、俺は自分が言っていることが的外れではないことを確信した。

「月愛には、自分が一番心地いいと思う見た目で、毎日を過ごして欲しくて……。それが……俺が好きになった、月愛らしい生き方だと、思うから」

そこで、月愛が弁解するように口を開いた。

「あたし、別に無理してやろうとしてるわけじゃないんだよ。ほんとにリュートに喜んで欲しくて、それだけで……」

「わかってるよ」

月愛がそういう女の子だということも。

「ただ、俺は月愛と……長く一緒にいられる関係でいたいから……。だって……」

これから言おうとしていることを考えて、ちょっと恥ずかしくなって俯《うつむ》いた。

「俺は、どんな髪色の月愛でも……おばあちゃんになって、髪が真っ白になった月愛でも……きっと、大好きだと思うから」

「リュート……」

顔を上げると、月愛は目元を赤らめて、瞳に涙を浮かべていた。

俺の視線に気づくと、その顔にいつもの明るい笑みを浮かべる。

「それ、逆にオシャレかも！　うちのおばあちゃんみたいに、紫とかピンクとかに染めちゃおうかな～！　なんか待ち遠しくなってきた！」

そして、月愛はスマホを手に取り、何か操作して耳元に当てた。

「もしもし？　明日予約してる白河ですけどー、あっ、こんにちは！　あのね、やっぱ黒染めなしで、いつものカラーの予約にしてもらえます？　うんそうなの、はーい、じゃあまた明日！　ありがとーございまーす！」

美容院と思われる相手との電話を切った月愛は、目の縁が赤らんだままの顔で俺を見つめた。

「……ありがと、リュート」

噛《か》み締《し》めるようにつぶやいて、ふと笑う。

「あたしも、リュートがつるつる頭のおじいちゃんになっても、好きだよ」

つられて、俺も笑った。

笑い声が胸に響いて、心がじんわり温かくなる。

「あ、でもたぶん俺、遺伝的につるつるじゃなくて、うっすら薄くなる派だと思うんだよね……」

「あ、うちもそーゆー系かも。おとーさん、最近ちょっと気にしてるんだよね」

「そうなの？　全然わからなかった」

「若い頃が剛毛だったからねー。ツーブロで薄いとこ誤魔化してんのー」

そんな話をしながら、残ったケーキをちびちび崩すように食べた。

◇

食事を終えた俺たちは、レジャーシートを畳んで、桜並木を再び散策した。

「……わぁ、桜吹雪」

川の方からひときわ強い風が吹くと、木々の枝から薄紅色の花弁が一斉に旅立ち、渦を巻いてこちらへ向かってくる。

「咲いたばっかりなのに、この風じゃすぐ散っちゃうね」

「そーなの。この桜並木、いつも見頃は三日間くらいで」

「じゃあ、今日はバッチリその三日に入ってるね」

「ね！　それがリュートの誕生日当日なんて、ほんとラッキー！」

はしゃいでいた月愛が、ふと足元に目を留める。

「あ！」

拾ったのは、一本の桜の枝だった。小指ほどの太さの枝に、九分咲きの花と、開きかけのつぼみが混在して連なっている。

「え。なんで、こんなちょー立派な枝が？」

月愛が見上げるが、さすがにどこの木についていたものかはわからない。

「風で吹き折られちゃったのかな？」

「かわいそう……まだ咲きそうなのに」

「月愛、持って帰ったら？」

「えっ、いいの？」

「地面に落ちてたやつならいいんじゃない？」

「確かに……置いといても、枯れちゃうだけだもんね」

月愛は枝をまじまじと見つめて、根本を掌《てのひら》に納めた。

「ちょうどいいんじゃない？　オロ●ミンCの一輪挿しに」

再び歩き出してから言うと、月愛はなぜか顔を赤くする。一輪挿しの話をすると、いつもこうだ。

「じゃあ、もう一本瓶買おうかなぁ……」

「なんで？」

「ええっ、なんとなく、き、気分的に……っていうか、そう！　リュートに前もらったお花が、まだ挿さってて！」

「えっ、あれもう二週間前じゃない？　まだ咲いてるの？」

「う、うん……ギリで……」

「枯れたら捨てた方がいいよ。前にうちのテーブルにあった花、枯れかけたら虫が寄ってきたから」

捨てたら俺に悪いと思って方便を使っているのかなと思ったが（前に押し花にするとか言っていたし）、本当に挿していたら不衛生だと思って言ってあげる。

「そ、そだね、ちゃんとする……」

ちょっとごにょごにょ言っていた月愛が、そこで俺を見る。

「っていうか、この枝、あたしがもらっちゃっていいの？」

「え？」

「だって、こんな綺麗《きれい》な桜、めったに拾えないよ？」

そう言う月愛は、まっすぐ俺を見ている。

バレンタインデーからしばらく、月愛とは目も合わない、手も繋《つな》げない、もどかしい関係が続いていたけど。

いつの間にか、俺たちは、こうして元通り見つめ合える仲に戻っていた。

そっと手を伸ばして、傍《そば》にある華奢《きゃしゃ》な手を握れば、月愛も恥ずかしそうに握り返してくれる。

「……右手でごめん」

ぼそっと言うと、月愛の顔がたちまち真っ赤になる。

「ばかぁ……」

茹《ゆ》でダコのような顔で、恨めしそうに俺を見上げる。

こういうところは、以前とは如実《にょじつ》に違うところだ。


ちょっと変わって、ちょっと元通りで。

俺たちは、ちゃんと前進している。

そんなふうに、心から思える。


「で、ほんとにあたしがもらっていいの？　この桜の枝。リュートの誕生日なのに」

そう尋ねられたとき、ふと。

ホワイトデーの日、花束を抱えて微笑《ほほえ》む月愛を見たときの感慨が蘇《よみがえ》った。

「……うん。いいよ」

俺は、毎日もらっているから。

月愛という花束を。

ひまわりのように元気で明るい花もあれば、カスミソウのように可憐《かれん》で繊細な花もある。

俺が月愛を知れば知るほど、月愛という花束の中に、新たな花の彩《いろど》りが加わる。それが
嬉《うれ》しくて、楽しみでもある。

この高校最後の春が終わって、再び夏、秋、冬が来て。

俺たちが、永遠に制服を脱ぐ日が訪れて……。

次の春になったら、月愛はまた新たな顔を持つ、大人の女性になるのだろう。

進学しない月愛は、俺より一足先に社会に出て、俺はまた月愛の背中を追うことになるのかもしれない。

焦《あせ》りを感じる気持ちもあるけど、そんな月愛に早く会いたい気もする。

同時に、今の月愛が愛《いと》おしくて。

永遠に高校生でいたいような気もしてしまう。

そんなことは不可能だってわかってるのに。

ただひとつ言えるのは。

今、月愛の中に咲いている……そして、まだ蕾《つぼみ》として眠っている、すべての花が愛おしい。

すべての月愛を、抱きしめたい。

この先、彼女の中にどんな花が咲いても。

きっと、そうしよう。

川からの強風で、嵐のように吹き荒れる桜吹雪の中。
月愛と固く手を繋ぎながら。

この瞬間、俺はそう決意したんだ。

第五・五章　朱璃ちゃんとマリめろのオフトーク

春休みで混雑する都内のカフェで、今日も朱璃《あかり》ちゃんとマリめろが向かい合ってお茶をしていた。

「マジサイアク～～！　ほんと修学旅行でいいことひとつもなかった～～！　ぴえんの極みア――――ッ！」

朱璃ちゃんは、今日も足をバタバタさせて嘆いている。

そんな彼女に、マリめろが同情の視線を注いでいる。

「前半ウザ絡《がら》みしすぎたせいで、後半避けられちゃってたよね……」

「そうなの――――！　ほんとサイアク――――！」

朱璃ちゃんのジタバタは続く。

「しかも何がサイアクって、伊地知《いじち》くんにブロックされちゃったの～～！」

「えっ、LINEで？」

「違う――！　Twitterのアカウント――――！」

「えっ⁉　朱璃ちゃん、Twitterでも伊地知くんと繋がってたの？」

「違う――！　うちが一方的にリプ送ってただけー！」

「……どういうこと？」

「伊地知くんに動画の感想とか送る用に、ＫＥＮキッズのフリした捨てアカ作ったのー！　ちょっと前から伊地知くんが顔出ししようか迷ってるから『絶対ヤメロ』って鬼リプしたりしてさ～！　だって伊地知くんが顔出しなんてしたら、絶対メスガキが寄ってきちゃうから――！」

「……そ、そうなんだ……」

マリめろは、ちょっと引いている。

「なのに、昨日、伊地知くんってば『ちなみに私服はこんな感じです』って、首から下の写真アップしやがったのー！　うちが選んであげた服――！　そしたら、案の定メスガキどもが『私服イケメン！』『もっと見たい！』『顔出しして♡』って群がってきたから、ハァ⁉　マジふざけんな！　って思って、伊地知くんに『もう二度と写真上げるな！　全然似合ってねーし！』って連リプしたら、即ブロ決められちゃった～～ぴえーん～！」

「……それは仕方がないんじゃ……」

「面倒な囲い厨《ちゅう》だと思われたかな⁉」

「それ以前に、ファンだとも思われてないかも……」

「えっ、まさかアンチ扱い⁉　伊地知くんが出てる動画全部見て、コメントも欠かさずしてるうちを⁉」

「行きすぎたファンとアンチって紙一重だしね……」

「ウソでしょ〜⁉　マジ死にたい〜〜！」

「……じゃあ、新しいアカウント作ったら？」

「もう作ってるし〜！　だって、陽キャゆーすけをメスガキから守れるのは、うちだけなんだから――――！」

「………………」

なおも嘆く朱璃ちゃんを、マリめろは引きつった微笑を浮かべて見守るのだった。

エピローグ

風がさらに強くなり、桜並木を駅に向かって歩いていたときだった。

「あっ！　忘れてた」

声を上げて、月愛《るな》は立ち止まった。

俺と手を離し、桜の枝を持つ手にかけていた紙袋を手に取る。

「これ、誕生日プレゼント！」

「あっ……ありがとう」

「さっき渡そうと思ってたのに、シートの重りにしてたから忘れちゃった」

実は、俺もちょっとプレゼントなのではと気になっていた。月愛が言う通り、風が強かったのでレジャーシートの四隅に重りが必要で、俺たちの手荷物は総動員されていた。最後にはそれでも捲《めく》れ上がるほど風が強くなってきたので、バタバタと撤収作業をしてしまったから、忘れていた経緯はわかる。

「開けてみて」

「うん」

遊歩道と桜が生える土の斜面の境にある縁石のような場所に座って、俺は月愛からもらった大きめの紙袋の中を見る。ラッピングされた包みを開くと、出てきたのは黒い鞄《かばん》だった。

直線的でシンプルなデザインがスタイリッシュな、大人っぽくて丈夫そうなリュックだ。

「予備校用の鞄。今使ってるのの代わりに、どうかな？」

ハッとした。

試験勉強中、穴の開いたリュックを見られたときのことを思い出した。

あんな些細《ささい》なことを覚えてて、選んでくれたのか。

「鞄好きのアカリに見てもらったから、かっこいいでしょ？　リュック好きなのかなと思って、デイパックにしたんだけど」

「すげー……」

右下についているロゴを見ると、俺でも知っている、有名なメンズ鞄ブランドの名前が記されている。

「でもこれ、高かったんじゃ……？」

「でも、リュートにはちゃんとしたものあげたかったから」

そう言って、月愛は微笑《ほほえ》む。

「アカリが言うにはね、数千円の鞄って基本ファッション性にトッカした使い捨てだから、毎日重いもの入れて持ち歩いてると、すぐダメになっちゃうんだって。これは素材もいいし、組み立てや縫製《ホーセー》もちゃんとしてるから、今から受験まで使っても大丈夫だし、大学生になっても、荷物が多い日とかに持てると思うんだ」

谷北《たにきた》さんの受け売りらしく、月愛らしくない説明口調で言う。

「……バイトを始めて、あたしが初めて、自分で稼いだお金だから。リュートに、長く使えるものをプレゼントしてあげたくて」

自分の桜色の爪を見ながら、月愛がはにかみがちに言う。

その顔は、いつもの月愛より少し、大人びて見えた。

「ありがとう……ほんとに……」

初めて月愛からもらったものは、「交際一週間記念」のおさウサのスマホケース。それから俺は、月愛からたくさんのものをもらってきた。

目に見えるものも、見えないものも。

でも、その中でも、これは特別だ。

月愛が、自分の時間と労力を注《つ》ぎ込んだ対価として得た初めての報酬の中から、おそらく決して少なくない割合を使って、買ってくれたもの。俺のためになるもの、と真剣に考えて選んでくれたであろうプレゼント。

そう考えたら、目頭が熱くなりそうなほど、胸がじんとしてしまう。

「……気に入ってくれた？」

月愛は嬉《うれ》しそうに微笑む。

「この小さいポケットはね、お守りを入れるのにオススメだよっ！」

そう言って、月愛はバッグの外ポケットらしきファスナーを開ける。中にはさらにメッシュポケットがあって、キーフックのようなものがついている。そこに、見覚えのあるお守りがついていた。

「一個つけといたんだ」

それは、京都の地主《じしゅ》神社で、二人で買ったペアのお守りだ。購入した場で月愛に預けたきり、すっかり忘れていた。

「あたしが傍《そば》にいないときは、お守りが代わりにリュートを守ってくれるようにって」

お守りを見つめて、月愛が小さく微笑む。

「ありがとう……。ほんとに、嬉しいよ」

伝えたい気持ちはいっぱいあるけど、言葉にならなくて……精一杯の想《おも》いを込めて、それだけ言った。

月愛は、そんな俺を見て、目を細める。

「……それから、ね」

少しためらうそぶりを見せながら、口を開く。

「もうひとつ……プレゼントって言ったら、ずーずーしいんだけど」

そう言った月愛の頬が、たちまち赤らむ。

「あげたいものがあるんだ。十七歳のリュートに。……もらってくれるかな？」

「えっ？」

なんだろう、と思うのと同時に、お年頃なので「もしや」とエロい期待でドキッとする。

「ねぇ、リュートと付き合い始めたとき、リュートがあたしに言ったこと、覚えてる？」

「……え、えっ？」

エロいことを考えていたので、反応が遅れてしまった。

「『白河《しらかわ》さんの好きって、薄くない？』って。友達と同じくらいの『好き』じゃないかって」

「う、うん……」

そんなことを言った記憶はある。学校一の美少女が付き合ってくれることになったのに、陰キャの俺が何を言うんだって、今になっても冷や汗が出るけど。

「あれ、当たってた。リュートと付き合う前のあたしって、ただの友達みたいな関係の男の子と、恋人ごっこしてただけなんだなって、今になって思う」

唇を噛《か》むように引き結んで、月愛は俯《うつむ》く。

「その人のことを考えると、胸が熱くなって、きゅってなるくらい好きで……他のどんな男の人でも、その人の代わりにはならなくて。その人じゃなきゃダメで……そういう気持ち、あの頃のあたしは知らなかった」

「……え……じゃあ……」

今は？　俺に対して、そんな気持ちになってくれている……ってことで、いいのか？

「不安だったの。あたし、今まで相手に任せきりだったから、経験《けーけん》のわりに、ヘタだと思うし……リュートは期待してると思うから、ガッカリさせちゃうんじゃないかって」

「…………」

予想だにしなかったことを言われて、声も出ない。

まさか、月愛がそんなことを不安に思っていたなんて。

「でも、あの夜、キスしてみてわかったの。リュートとなら、あたし、身体《からだ》が勝手に動くみたい。自分も気持ちよくなりたいし、リュートのことも……気持ちよくしてあげたいって思うから」

慈愛のような優しさに満ちた微笑みを浮かべ、月愛は俺を見る。

「本当に、好きだから……リュートのことは」

「月愛……」

胸を熱くする俺からふと目を逸《そ》らし、彼女の顔が不安げに曇る。

「これから一緒に頑張るから……。だからね、そんなに上手《うま》くないけど、ガッカリしないでくれる？」

「え⁉　それって……」

ドキドキしすぎて心臓が破裂しそうだ。

「もしかして、月愛、俺と……」

「待って！」

興奮のあまり先を急ごうとする俺を、月愛が遮った。

「あたしから言う」

その顔は、薄く赤面しながらも、決意に満ちている。

「だって、リュートは言ってくれたんだもん。あたしがしたくなるのを待つって。だから、あたしも『したくなったら言う』って言ったんだ。それで、あたしは……したいんだから。

今、こんなに」

息を詰めて見守る俺に、月愛は小さく、けれどもしっかりと、言葉を紡《つむ》ぐ。

「自分から『したい』って言うのが、こんなに恥ずかしくて、勇気がいることだなんて知らなかった」

胸に両手を当て、月愛は吐息に乗せて、そう言った。

「『初めて』じゃないけど、あたし……」

震える声でつぶやいてから、ゆっくり俺を見上げる。

「リュートの『初めて』……に、なってもいいのかな？」

その瞳は少しの後悔と、それを打ち消すほどの期待に揺れているように見える。

「なりたいんだ。リュートとひとつに」

喜びが、身体の奥底から沸き上がってきて、全身を駆け巡る。

今すぐ彼女を力いっぱい抱きしめたい。でも、そんなことできるキャラじゃなくて、もどかしさに震えてしまいそうだ。

「ねぇ、リュート。あたしたち……」

上目遣いに俺を見る月愛が、

「……しよ？」

羞恥心を堪《こら》える顔で、そう言った。

「あたし、エッチしたい。……リュートとなら」

恥ずかしそうにつぶやいた月愛が、目を伏せて幸せそうに微笑む。

「生まれて初めて、そう思ったんだ……」

折からの強風が、並木の桜を一息に撫《な》で、花を散らして吹き荒れる。

川からの風じゃない、南風だ。

ついに春が来た。

変化の春だ。

俺と月愛の関係も、今まさに変わろうとしている。


交際初日、月愛からの誘いを身の程知らずにも断って。

後悔のあまり自室のベッドで悶絶《もんぜつ》しまくったあの日から、ほぼ十ヶ月。

長かった……いや短かったような、いや、やっぱり長かった。

自分で言うのもなんだけど、本当によく我慢したと思う。自分で自分を褒めてあげたい。

でも、今日の今日まで耐えてきて本当によかった。心からそう思う。

月愛のことが好きだ。愛してる。

俺にはもったいなさすぎる、この世界一可愛《かわい》い女性《ひと》が、俺のことを身も心も欲《ほっ》してくれているなんて。

幸せすぎて、脳みそが痺《しび》れてバカになってしまいそうだ。

「月愛……」

お父さん、お母さん。

俺をこの世に生み出して、今日まで育ててくれてありがとう。

加島龍斗《かしまりゅうと》、十七歳。

次にお目にかかるときは、きっともう、大人の俺です。

あとがき

祝・アニメ化決定！

こんなお知らせができる日が来るとは……それもこれもすべて読者の皆様のおかげです！　本当にありがとうございます。

またアニメ化に伴いまして、本作の略称を『キミゼロ』にさせていただくことになりました。今までご不便をおかけしてすみませんでした……！

なお、アニメ化に当たっては、私が携われる範囲では積極的に参加させていただいております。

といっても、制作チームの方々が素晴らしく、私より『キミゼロ』の世界観を理解してくださっている部分もあったりして、私自身も安心してお任せしてしまっている面があります（もちろん気になるところはお話ししてますよ！）。


さて、五巻です。

四巻でどうにかボカしていた修学旅行先を、とうとう決めなければならなくなって焦《あせ》りました。コロナ禍で取材旅行も思うようにできないので、結局以前から馴染《なじ》みのある土地を選びました。

二十代の頃、よく京都に遊びに行っていました。院生のときは、京大の院に進学した友達が複数いて、タダ宿を当てにして長逗留《ながとうりゅう》していました。その後は京都に友達ができたりして、何かとご縁のある地です。

前日の二日酔いが醒めた夕方頃に友人たちと街へ繰り出し、安い居酒屋で再び酔っ払って百万遍の通りを歌いながら歩いたり、鴨川《かもがわ》で等間隔に並ぶカップルを遠目に冷やかしたり、今考えるとろくなことしてないんですけど、あれが私の青春だったような気がします。

そんなこんなで京都には何度も足を運んだので、ガイドブックに大きく載っているような有名観光地には、一通り行った自負があります。寺社を含め、本当に素敵な観光地ばかりで、四季折々に魅力的な哲学の道とか、緑豊かな三千院とか、桜の季節の仁和寺《にんなじ》とか、屋台が立ち並ぶ中でスポットライトを浴びて妖艶《ようえん》に輝く円山公園の夜桜とか、和尚《おしょう》さんのお話が面白い鈴虫寺とか、お薦めしたい場所は山ほどあるのですが、今回この日程で修学旅行を書こうと思ったときに選んだのは、中でも特に印象に残っている場所です。

天龍寺は本当に大好きなお寺で、京都に行くと必ずといっていいほど訪れていました。

大方丈の広縁に座ってぼんやり日本庭園を眺めていると（ニコルがやっていたように）あっという間に時間が経《た》ってしまいます。

伏見稲荷《ふしみいなり》大社は逆に、一度しか行ったことがありません。一歩足を踏み入れた瞬間から、何か凄《すご》い気配というか、恐ろしいほどのパワーを感じてしまって（霊感とかまったくないし、他の場所では感じたことのない感覚です）、私の中で「行くのに覚悟のいる場所」になったからです。でも、そのときに覚えた感慨は、鮮明に、今でも心に焼きついています。嵯峨野《さがの》の夕暮れも印象的な光景です。龍斗とニッシーが日没を迎えた場所は、落柿舎《らくししゃ》の近くの道をイメージしています。

そんなに京都が好きなら京都だけにしておけばよかったのでは、と思われそうですが、大阪と神戸《こうべ》も大好きなので、欲張り三都物語にしてしまいました。大阪の魅力は街と食と人にあると個人的に思っているので、修学旅行を書くならこんな感じになってしまうな、と思いつつ……でも書きたかったんです。お金がない二十代の頃は、天王寺のスパワールドに泊まっていました。そこから新世界に繰り出して、串揚げ屋さんであつあつの串揚げを食べて、近くの小さい喫茶店でタバコの臭いを嗅ぎながら（当時はそういう時代でした）ミルクセーキ的な甘味を楽しむのがルーティンでした。

神戸は、三十代になってから度々訪れる場所です。老後は神戸に住んで、月一くらいで宝塚大劇場へ繰り出す生活をするのがひそかな夢です。

そんな私の大好きが詰まった修学旅行ルートです。物語と共に、各場所の魅力が少しでも伝わっておりましたら嬉《うれ》しいです。


今回もmagako様には美麗なイラストの数々を描き下ろしていただき、本当にありがとうございます！　目の保養、心の滋養です！

担当の松林様には、きめ細やかなサポートをしていただき、いつも感謝しております！

そして何より、ここまで本作をお読みくださっている読者の皆様、いつも応援してくださり、アニメ化という新たな展開にまで連れてきてくださったこと、本当に感謝してもしきれません。心より御礼申し上げます！

それでは、また六巻でお会いできますように！

二〇二二年八月　長岡マキ子

お便りはこちらまで
〒一〇二-八一七七
ファンタジア文庫編集部気付
長岡マキ子（様）宛
magako（様）宛

富士見ファンタジア文庫

経験《けいけん》済《ず》みなキミと、経験《けいけん》ゼロなオレが、お付《つ》き合《あ》いする話《はなし》。その5

令和4年9月20日　初版発行
令和5年9月15日　7版発行

著者――長岡《ながおか》マキ子《こ》

発行者――山下直久
発　行――株式会社KADOKAWA
〒102-8177
東京都千代田区富士見2-13-3
0570-002-301（ナビダイヤル）
印刷所――株式会社KADOKAWA
製本所――株式会社KADOKAWA

※定価はカバーに表示してあります。
●お問い合わせ
https://www.kadokawa.co.jp/（「お問い合わせ」へお進みください）
※内容によっては、お答えできない場合があります。
※サポートは日本国内のみとさせていただきます。
※Japanese text only

ISBN978-4-04-074539-8 C0193 ◆◇◇

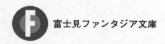

切り拓け！キミだけの王道
ファンタジア大賞
原稿募集中！
賞金
《大賞》300万円
《金賞》50万円
《銀賞》30万円
選考委員
細音啓「キミと僕の最後の戦場、あるいは世界が始まる聖戦」
橘公司「デート・ア・ライブ」
羊太郎「ロクでなし魔術講師と禁忌教典《アカシックレコード》」
ファンタジア文庫編集長
前期締切 8月末日
後期締切 2月末日
公式サイトはこちら！ https://www.fantasiataisho.com/